Gallmeister

LE CHANT DES INNOCENTS

DU MÊME AUTEUR

L'Île des âmes, 2021 ; totem n°214
L'Illusion du mal, 2022 ; totem n°254

Piergiorgio Pulixi

LE CHANT DES INNOCENTS

Roman

Traduit de l'italien
par Anatole Pons-Reumaux

Gallmeister

FICTION

Titre original: IL CANTO DEGLI INNOCENTI

ISBN 978-2-35178-2781
ISSN 1956-0982

Photo de l'auteur © Daniela Zedda
Illustration de couverture © Aurélie Bert
Conception graphique : Aurélie Bert

Pour Luisa Peralta,
une personne spéciale,
et pour Silvia Battaglioli,
amie extraordinaire.

À force de rester dans les ténèbres, les ténèbres deviennent la normalité, et c'est la lumière qui finit par nous paraître contre-nature.

HARUKI MURAKAMI

PROLOGUE

Je t'ai vue ce matin. Avec lui. Je t'avais dit de l'oublier, et tu ne m'as pas écoutée. Tu n'as rien écouté du tout. Sale pute… Tu croyais quoi, que je n'allais pas m'en rendre compte, c'est ça ? Tu pensais que je mentais, que toutes ces menaces étaient juste des paroles en l'air ? Quelle conne… Il est à moi. Combien de fois je te l'ai répété ? Mais tout est ma faute, finalement. J'aurais dû passer des paroles aux actes il y a bien longtemps. J'aurais dû intervenir au premier signal, à la première humiliation. Mais je ne me tromperai plus. Non, ma chérie. Tu vas t'en mordre les doigts. Tu vas regretter chaque baiser, chaque caresse. Tu vas regretter la chaleur de ses bras, parce que la seule chaleur que tu vas sentir maintenant, c'est celle des flammes de l'enfer où tu brûleras pour l'éternité. Parce que c'est là qu'est ta place : en enfer. Et c'est moi qui vais t'y expédier. Très bientôt… Dès que tu mettras la clé dans la serrure… Tu ne m'entendras même pas… Me voilà…

I

— Je veux qu'il soit bien clair que je suis ici contre mon gré, dit Vito Strega après les salutations d'usage.

— En vous tenant ainsi sur la défensive, vous ne faites qu'attiser mon intérêt... Vous savez comment fonctionnent les psys, non ?

— Je n'ai pas besoin d'un psy.

— Bien, alors prouvez-le moi.

Le policier remua sur sa chaise. C'était un homme imposant. En sa présence, le cabinet semblait avoir subitement rétréci, remarqua Livia Salerno. Et elle avec.

— Qu'est-ce que vous attendez de moi ?

— Commencez par me dire comment vous allez. Vous m'avez l'air en pleine forme.

— Écoutez, est-ce que tout ça est vraiment nécessaire ? Vous ne pouvez pas me faire signer la feuille de présence, et on n'en parle plus ?

— Nous ne sommes pas à l'école, commissaire.

— OK. Je sais comment ça marche. J'ai...

— Un diplôme en psychologie, un en philosophie, et un en droit, et vous avez exercé deux ans comme psychologue clinicien avant d'entrer dans la police, je sais. Vos collègues ont bien fait leurs devoirs. Drôle d'association de matières... dit-elle en enlevant ses lunettes.

— Je ne parlais pas de mes études. J'ai simplement tué une personne dans l'exercice de mes fonctions, ce qui arrive quand on fait mon métier, dit le commissaire Strega en passant une main sur son visage mal rasé.

La psychologue fixa ses grandes mains, noueuses et puissantes. Son esprit les associa au tempérament du commissaire : fort, irascible et sanguin. Un caractère anguleux, qui camouflait des nuées d'ombres presque tangibles.

L'homme qui se tenait devant elle n'allait pas bien. Il était en parfaite santé, mais derrière ce physique imposant, il cachait quelque chose. Et pour son palais de psychologue, Vito Strega, avec sa part de ténèbres et ses mille aspérités, était un mets de choix.

— Ce n'était pas n'importe qui, commissaire, dit-elle en croisant ses yeux verts.

— C'était une erreur...

— Ça, c'est ce qu'a dit la commission disciplinaire. Un "accident". Mais vous savez comme moi que ces choses-là laissent des traces. Je me trompe ?

Il fit un geste de la main comme pour lui donner raison.

— C'est un élément que tous les policiers doivent prendre en compte. C'est aussi pour ça qu'on nous paie.

— Mais ça n'arrive pas non plus tous les jours, vous l'admettrez.

Strega souffla.

— Tout ça est vraiment humiliant. Écoutez, je suis un bon policier, ça doit sûrement être écrit dans vos dossiers... On peut en rester là ?

— Bien sûr que c'est écrit. "Bon", ce serait réducteur, à en juger par vos états de service. Vous avez reçu de nombreuses distinctions, vous êtes un enquêteur de génie, personne ne dit le contraire. Vous avez même écrit un essai, *L'Esprit criminel*, qui est utilisé comme manuel de criminologie à l'université... dit-elle en prenant un ouvrage volumineux et en le feuilletant rapidement. Je l'ai lu, très intéressant du reste... Je *sais* que vous êtes un bon policier, commissaire, et je peux vous assurer que par le passé j'ai aidé beaucoup de policiers comme vous à laisser derrière eux des épisodes douloureux liés au travail.

— Alors je suis sûr que vous savez bien qu'un peu de sommeil et de repos feront passer tout ça...

La psychologue eut un sourire amer et repoussa le livre.

— Ce n'est pas le comportement auquel je m'attendais.

— Désolé de vous décevoir.

— Dites-le-moi.

— Quoi ?

— Qui vous avez tué.

— Allons, vous le savez très bien.

— Je veux vous l'entendre dire.

— Vous voulez vraiment m'entraîner dans ces conneries psychologiques ?

Elle planta ses yeux dans les siens.

— Dites-le-moi.

— Incroyable...

— Dites-le-moi et nous en aurons fini pour aujourd'hui.

— Sérieusement ?

— Dites-moi qui vous avez tué et vous serez libre de partir.

— J'ai abattu Jacopo Di Giulio, inspecteur chef de la police d'État, mon binôme de toujours, dit Strega dans un souffle.

Puis il se leva et s'en alla sans ajouter un mot.

2

LES policiers la trouvèrent l'arme encore en main. Manifestement, quatre-vingt-cinq coups de couteau n'avaient pas suffi à son esprit malade, parce qu'elle continuait à s'acharner sur le cadavre avec une rage bestiale.

Quand les agents réussirent à la désarmer, la meurtrière n'opposa aucune résistance.

— Il est à moi… Ça y est, tu as compris, maintenant ? À moi, dit-elle en se tournant vers le corps tandis qu'on lui passait les menottes.

Les policiers l'embarquèrent, perdus dans un silence funeste. Ce n'était pas tant le mode opératoire qui les perturbait, que le fait que la meurtrière avait seulement treize ans.

Une gamine…

3

— Tu ne devrais pas rester ici, tu le sais, dit l'inspectrice Teresa Brusca à son supérieur qui contemplait la ville à travers la baie vitrée du troisième étage de la questure*.

Le colosse était, comme à son habitude, engoncé dans ses larges épaules, les mains dans les poches de son manteau noir.

— Je n'ai nulle part ailleurs où aller, répondit Strega sans se retourner.

— À d'autres. Il y a des tas d'endroits où se détendre et profiter de ce repos.

— Suspension, la corrigea-t-il.

— Comme tu veux. Moi, si j'avais tout ce temps…

— Quoi de neuf, ici ?

— Toujours la même merde, peut-être même pire.

— Pire ? Dans quel sens ?

— Regarde par là.

Strega suivit le doigt de sa collègue. À travers la fenêtre du bureau, il vit une jeune fille menottée assise sur un banc. Ses

* Équivalent de notre préfecture de police. (Toutes les notes sont du traducteur.)

mains formaient une grosse tache rouge. Ses vêtements et son visage étaient éclaboussés de sang eux aussi. Elle souriait.

— Pourquoi est-elle menottée ? demanda Strega d'une voix profonde où perçait la surprise.

— Parce que c'est elle la meurtrière.

— Tu te fiches de moi ?

— J'aimerais bien… Elle a tué une rivale en amour. Près de quatre-vingt-dix coups de couteau…

— Mon Dieu… Quel âge a-t-elle ?

— Treize ans.

— Vous l'avez déjà interrogée ?

— Non, on attend les assistantes sociales. Écoute, Vito, tu ne peux pas rester ici, OK ? Si le chef te trouve ici, il va faire une scène pas possible et je risque de prendre aussi…

Strega ne répondit pas. Ses yeux avaient croisé ceux de la jeune fille, qui avait senti qu'on l'observait. Elle soutint son regard, puis elle lui sourit. Un sourire froid comme la lame avec laquelle elle avait tué.

— Hé, tu m'entends ? répéta Brusca en lui tirant la manche.

— Je m'en vais, je m'en vais, dit Strega.

— Tu as des plans pour ce soir ?

Strega haussa les épaules.

— Alors emmène-moi au cinéma.

— Tu es sûre de vouloir être vue avec moi ? Tu sais que je suis un paria ?

— Ne dis pas de bêtises, je passe te chercher. Allez, ouste.

— Salut, Teresa.

Vito Strega se dirigeait vers l'ascenseur sous les regards agressifs de ses collègues, quand il se ravisa et fit demi-tour. Il rejoignit l'adolescente et s'assit à côté d'elle. Le strapontin grinça sous son poids.

— C'est vraiment nécessaire, ça ? demanda-t-il à un des policiers en désignant les menottes d'un signe de tête, les mains toujours dans les poches.

— C'est la procédure, commissaire.

— La procédure, oui… Allez vous chercher un café. Je reste avec elle.

— Mais…

— Tu veux quelque chose ? demanda-t-il à la fille.

— Un Coca.

Strega tendit une poignée de pièces aux policiers.

— Café pour vous et Coca pour elle. C'est moi qui offre.

— Comme vous voudrez, commissaire.

— Tu n'as pas une tête de policier, dit-elle une fois qu'ils furent seuls.

— J'ai une tête de quoi, alors ?

— Je ne sais pas… De bûcheron.

Elle sourit.

— De bûcheron ? Ça par exemple, fit le policier, amusé. Et pourquoi ?

— Parce que tu es grand et fort… Je crois.

Strega sourit et l'observa de plus près. C'était vraiment une gamine.

— Et maintenant, c'est quoi la suite ? demanda-t-elle.

— Je pense que tu vas devoir attendre les assistantes sociales, et ensuite le juge. Tu as peur ?

— Non.

La fille avait répondu d'une voix claire et tranchante. Elle ne semblait nullement préoccupée. Strega se demanda s'il lui manquait une case.

— Tu te souviens de ce que tu as fait ?

— Bien sûr.

— Tu veux en parler ?

Elle se renfrogna.

— Comment tu t'appelles ?

— Michela.

— Qu'est-ce qui s'est passé, Michela ?

— Elle avait pas à se mettre entre lui et moi, je l'avais prévenue.

Strega était désarmé par sa froideur. Il y avait quelque chose de bizarre chez elle, dans son comportement.

— Tu n'as pas l'air d'avoir de remords.

— Je n'en ai pas. Maintenant, il est à moi… Rien qu'à moi.

— C'est très grave, ce que tu as fait, Michela. Tu t'en rends compte ?

— Il est à moi, dit-elle comme si ça justifiait tout.

Strega garda le silence jusqu'au retour des agents avec le Coca.

— Enlevez-lui les menottes.

— Mais, commissaire…

— Ne soyons pas ridicules. Les menottes, répéta Strega. Enlevez-les.

— Merci, répondit-elle, les poignets libérés, avant de porter la canette à ses lèvres.

— Je suis désolé, Michela.

— Maintenant il est à moi, répéta la jeune fille.

Strega se leva. Il avait ce que ses collègues appelaient “une présence”. Son physique imposant semblait remplir tout l’espace, jusqu’à le comprimer.

— Allez-y mollo, dit-il à voix basse aux agents.

D’une main il caressa les cheveux de la meurtrière, qui répéta mécaniquement :

— Il est à moi…

Avec un immense sentiment de désolation, Strega se tourna et se dirigea vers l’escalier. Pas d’ascenseur. À cet instant, il n’avait envie de voir personne. Comme toujours, du reste.

4

Tu ne m'as jamais compris, tu n'as jamais compris la douleur d'être avec toi, tu n'as jamais compris que tes ambitions absurdes, ta volonté constante de m'humilier pour me pousser à donner le meilleur de moi-même me rendait dingue... Qu'est-ce que tu savais de l'obscurité dans ma chambre, des litres de larmes qui ont trempé mon oreiller ? Comment tu pourrais savoir les images violentes et le sang qui inondaient mes pensées après chaque dispute, après chaque nouvelle brimade de ta part ? Tu aurais dû être le premier à me protéger, à me défendre, au lieu de quoi tu as toujours été le premier à m'attaquer, et avec le plus de virulence. Mais maintenant ça suffit, je lève la tête et je te regarde dans les yeux, et quand ton cœur explosera dans ta poitrine je sourirai, parce qu'il n'y aura plus d'humiliations, il n'y aura plus de hurlements ni de gifles, il n'y aura que le silence, le bruit sourd de ton cadavre qui tombe par terre, et puis le silence, enfin...

Me voilà, je frappe à la porte... Je t'entends crier: "Qui est là ?" Qui veux-tu que ce soit ? Ce n'est que moi. Allez, ouvre, allez, ouvre la porte, papa. Je ne te ferai rien...

5

— COMMENT ça se passe avec la psy? demanda Teresa en glissant son bras sous le sien à la sortie du cinéma.

Les réverbères conféraient à leurs visages des teintes étranges, et l'odeur entêtante du sucre glace et des marrons chauds semblait atténuer le froid de la nuit qui s'insinuait sous les vêtements.

— Comment veux-tu que ça se passe… Je ne suis allé qu'à une seule séance et je suis parti presque tout de suite. Les conneries habituelles.

— Bon sang, Vito, tu en es à ta troisième psy. Tu dois y mettre du tien si tu veux reprendre du service.

— Je sais.

— Essaie de faire en sorte que ça marche, cette fois. Elle est comment?

— Qui?

— La psy, imbécile.

— Qu'est-ce que ça peut te faire?

— Je demande, juste. Je suis jalouse, tu le sais.

— Hmm, elle est normale.

— Jolie?

— J'ai dit normale.

— À mon avis, elle est déjà amoureuse de toi.

— Ne dis pas de bêtises. Bon sinon, la petite, Michela, comment elle va ?

— L'enfant tueuse, comme ils l'appellent sur Internet ?

— Oui, dit-il, mal à l'aise avec cette définition, même si c'était la monstrueuse vérité.

— Je ne sais pas. Encore sous le choc, je crois. Ils ne nous ont pas laissés l'interroger.

— Pourquoi elle a fait ça ?

— Aucune idée. Par jalousie, sans doute, mais parfois il n'y a même pas de mobile, Vito, tu le sais mieux que moi. Bref, je n'ai aucune envie de parler de travail, OK ?

— OK.

— J'avais vraiment envie d'un bon film, dit-elle en se serrant contre lui.

— Tu ne m'as pas vraiment laissé le choix.

— Arrête un peu. Tu avais besoin de sortir, tu le sais.

— Certes, mais…

La sonnerie du portable de Teresa l'interrompit.

— Excuse-moi. Merde, c'est le travail.

— Pas de problème. Réponds.

Quand elle dégagea son bras de celui de Strega, il comprit que leur soirée s'achevait là.

— OK. Venez me chercher.

Teresa Brusca rangea son téléphone et grimaça.

— Désolée, Vito.

— Meurtre ?

— Oui. Ça m'a l'air d'un truc bien sanglant.

— Je comprends, tu n'as pas à t'excuser.

Vito Strega observa d'un air envieux les lumières bleues des gyrophares se perdre au milieu de la circulation milanaise, dense en cette période de fêtes. Il aurait donné n'importe quoi pour se trouver dans ce véhicule. Mais c'était impossible. Alors il pivota sur ses talons et, la tête basse, marcha vers sa voiture. Seul. Désespérément seul.

6

TERESA Brusca aurait souhaité de tout son être que Vito soit à ses côtés. Mais il n'y avait que Ferrero, avec sa voix aussi glaciale que ses bistouris.

— Ça ne laisse pas beaucoup de place au doute. Il a frappé, le père a ouvert, et c'est là qu'est parti le premier coup de marteau, qui l'a atteint ici, à la tempe. Tu vois ?

— J'aimerais ne pas voir…

Ferrero continua comme s'il n'avait pas entendu :

— Il a perdu l'équilibre et il est tombé dans la baignoire. Regarde-moi, toute cette eau, c'est l'inondation ici. Bref, il l'a achevé d'une bonne vingtaine de coups de marteau… Le pauvre.

Teresa tenta d'ignorer le corps immergé dans l'eau rouge de la baignoire et le marteau ensanglanté abandonné par terre. Elle se concentra sur le miroir fracassé.

— Pourquoi a-t-il détruit le miroir ? demanda-t-elle, plus à elle-même qu'à Ferrero.

— Peut-être qu'il a eu honte de se regarder en face après ce qu'il avait fait, répondit le légiste.

— Peut-être…

Teresa sortit de la salle de bains et retourna dans le salon. Le meurtrier était menotté, assis sur le canapé, surveillé par deux agents en uniforme. Il avait l'air détendu et perdu dans ses pensées.

Il était frêle et maigrelet, un moineau. Teresa se demanda comment il avait trouvé la force d'accomplir un meurtre aussi brutal. Des années de haine accumulées, probablement. Mais ses raisons ne lui importaient pas plus que cela. Une explication n'aurait pas ramené l'homme à la vie, ni disculpé le fils. Ou du moins, elle n'aurait pas empêché Teresa de l'arrêter.

— Quel âge as-tu ? demanda-t-elle au meurtrier.

— Quatorze ans, répondit-il.

— Doux Jésus… Emmenez-le.

7

— Un autre martini, s'il vous plaît, dit la blonde au comptoir.

Une fois servie, elle s'installa à une table. À celle d'en face, un homme était assis seul, les vêtements dégoulinant de pluie. Il avait des cheveux coupés très court, qui, ajoutés à sa stature imposante, son regard sérieux et une ombre de barbe, lui donnaient des airs de légionnaire. Il était habillé de façon classique, on voyait qu'il avait bon goût. Il ne portait pas d'alliance, et il lui donnait l'impression d'être une personne seule, mais qui appréciait la solitude. Elle s'amusa à imaginer qui était cet homme et à quoi ressemblait sa vie.

Soudain, il se rendit compte qu'il était observé et croisa son regard.

Gênée, la blonde leva son verre comme pour trinquer à sa santé.

Après quelques secondes, l'homme fit de même, avant de continuer son repas en silence.

— Apparemment, vous n'êtes pas ici pour la cuisine, dit la blonde depuis sa table.

— Pardon ? fit Strega.

— Ce n'est pas la cuisine qui vous a attiré dans ce restaurant, n'est-ce pas ? dit-elle en désignant son assiette, presque intacte.

Strega regarda autour de lui, embarrassé.

— Ne vous en faites pas, les serveurs sont trop occupés à regarder le match pour nous entendre.

— J'ai mangé pire... La pluie. C'est la pluie qui m'a conduit ici. Et vous ?

L'espace d'un instant, la femme fut frappée par sa voix, rauque et profonde, qui collait bien à son visage.

— L'enseigne, dit-elle. Je me suis fait avoir par l'enseigne. Je suis nouvelle en ville.

— Bienvenue, alors.

— Merci. Ça vous ennuie si je m'installe avec vous ? Je déteste manger seule.

Vito Strega n'était pas un homme loquace. En outre, son physique et son air ombrageux décourageaient d'ordinaire les bavards et les importuns. Manifestement, cela n'avait pas fonctionné avec elle.

— Avec plaisir, répondit-il.

La femme déplaça son assiette et, après quelques sourires gênés, ils se mirent à manger en silence.

— Vous aimez observer les gens, dit Strega.

— Oui, c'est un de mes passe-temps favoris. Pardon.

— Aucun problème.

— Puis-je vous demander ce que vous faites dans la vie ? Je me pose la question depuis que je vous ai vu.

— Je suis... Je suis bûcheron.

Elle éclata de rire.

— Vraiment ?

— Eh oui.

— Ben ça alors, je n'aurais jamais deviné. Vous me faites marcher, pas vrai ?

— Non, je ne me permettrais pas. Qu'y a-t-il d'étrange ? Il en faut bien, non ? dit Strega en haussant un sourcil. Et vous, si ce n'est pas indiscret ?

— Je suis…

Le portable de Strega, abandonné sur la table, se mit à vibrer.

— Excusez-moi. (Il écouta, et son visage s'assombrit.) OK, j'arrive tout de suite, dit-il avant de raccrocher. Je… Désolé, mais je dois filer.

La femme regarda l'heure.

— Un arbre rebelle qui doit être coupé ? le taquina-t-elle.

— Quelque chose comme ça, répondit-il en se levant.

Elle ne s'attendait pas à ce qu'il soit aussi grand et massif, et elle ressentit presque de la peur, une sensation de danger physique. Mais elle la balaya immédiatement en se traitant d'idiote.

— Permettez-moi de vous offrir le repas, pour me faire pardonner, proposa-t-il.

— Ce n'est pas la peine.

— J'insiste, dit-il en glissant quelques billets sous un verre. Je ne me suis même pas présenté… Vito Strega.

Elle serra la main qu'il lui tendait en craignant presque qu'il broie la sienne.

— Quel nom étrange*. Marina, dit-elle. Qui sait, nous nous reverrons peut-être.

— J'espère, dit-il. Je dois vraiment y aller, Marina.

* Strega signifie "sorcière" en italien.

— Votre arbre, c'est vrai.

Strega sourit. Marina le suivit du regard en maudissant sa poisse avec les hommes.

8

La Mini Minor bordeaux de 1971 s'arrêta devant la questure. Strega en sortit péniblement, à grand renfort de jurons. Il pleuvait encore.

Il l'entendit rire dans l'obscurité.

— Tu devrais te débarrasser de cette cage à lapin, dit-elle en soufflant une bouffée de fumée.

— Je ne peux pas, j'ai promis à mon père, tu le sais, répondit-il en la rejoignant sous les arcades. Et puis elle est vintage, c'est comme ça qu'on dit, non ?

— Elle n'est pas vintage, elle est juste vieille et archi-vieille… Je finis ma clope et on y va, dit-elle en tirant sur sa Camel.

— Qu'est-ce qui se passe ? demanda-t-il en s'emmitouflant dans son manteau.

— Sale histoire… Un parricide.

— Âge ?

— Quatorze ans.

— Le père, évidemment.

Elle éclata de rire et le remercia en son for intérieur. Strega savait toujours quoi dire et comment s'y prendre avec elle, c'était d'ailleurs le cas avec tout le monde. C'était une qualité rare, qu'elle lui enviait. Comme tant d'autres choses.

Il l'attira avec son bras et la serra contre lui.

— Quoi de mieux qu'un bon parricide pour finir une soirée en beauté ?

— Désolée de t'avoir fait venir.

— Tu as bien fait. Tu as faim ?

Elle le fusilla du regard.

— C'était une blague.

— T'es bête, dit-elle en lançant son mégot dans la rue martelée par la pluie.

Ils coururent dans la Mini en gloussant comme des enfants.

— Tu mesures combien ? lui demanda-t-elle une fois à l'intérieur.

— Un mètre quatre-vingt-quinze.

— Voilà. Et comment tu arrives à rentrer là-dedans ?

— Mon père mesurait deux mètres deux. Il avait fait baisser le siège.

— Pas un pour rattraper l'autre.

— Tu dis ça parce que tu es jalouse.

— Ben tiens.

— Je te dépose où ? À la maison ?

— Oui, mais à la tienne. Je n'ai pas envie de rentrer chez moi.

— Mais Raffaele…

— J'inventerai quelque chose. Roule.

Strega haussa les épaules.

Au milieu du trajet, il s'aperçut que sa collègue avait les larmes aux yeux.

Il détacha sa ceinture, prit Teresa par les épaules et l'attira contre sa poitrine sans prononcer un mot. Il conduisit en changeant les vitesses avec la main gauche. Cette fois, il n'essaya même pas de la faire rire. Il savait que c'était peine perdue.

9

— Désolée pour tout à l'heure.

— Arrête.

— C'est juste que ce n'est pas pareil au boulot sans toi, tout est plus pesant.

— Tu ne disais pas ça quand j'étais ton chef.

— C'est pas vrai.

— Menteuse.

— Où étais-tu quand je t'ai appelé ?

— Pourquoi ?

— Je ne sais pas, j'ai eu l'impression d'interrompre quelque chose.

Strega repensa aux yeux de la blonde, Marina. Elle avait des yeux curieux de petite fille. Il avait eu la chair de poule en lui serrant la main.

— Je dînais dans un bistrot.

— Seul ?

Il aimait beaucoup Teresa. Mais c'était une fouineuse de première, flic par-dessus le marché, et il n'avait pas envie d'un interrogatoire, là tout de suite.

— Oui, seul.

— Tu es sûr ?

— Arrête, dit-il avant de tremper ses lèvres dans le whisky.

Ils étaient assis sur le grand canapé bleu électrique, la seule chose qu'il avait emportée lorsqu'il avait quitté sa maison. Teresa était allongée, la tête sur ses genoux, les chaussures abandonnées sur le parquet, et jouait à suivre avec ses doigts les grosses veines sur le dos de la main gauche de Strega.

— J'adore cette baie vitrée, dit-elle.

— Moi aussi. C'est elle qui m'a convaincu de prendre ce gourbi.

Teresa regarda autour d'elle. L'appartement de Vito était une simple mansarde en soupente au dernier étage d'un vieil immeuble Art nouveau. On ne voyait plus les murs, recouverts de piles de livres, qui partaient du sol et frôlaient le plafond, et de posters de jazzmen. Dans un coin, un futon extra-large était entouré de livres, de disques de jazz et de restes de bougies à la vanille. À côté du lit, les dernières braises étaient en train de s'éteindre dans une grande cheminée.

— Tu m'avais parlé d'un loft, ça me fait plutôt penser à l'atelier d'un peintre bohème, dit-elle dans la pénombre. Et qui ne serait pas au clair sur ses préférences sexuelles…

Strega la chatouilla et ils rirent ensemble.

— Ça devait être une solution temporaire, mais je commence à m'y habituer, et ce n'est pas bon.

— Mais non, c'est charmant.

— Merci.

— À condition d'avoir vingt ans et de chercher une garçonnière.

— Tu vas me le payer.

— Dis, pour la psy… Vraiment, fais un effort pour que ça marche.

— Pourquoi ?

— Tu me manques au travail, et je ne suis pas la seule.

Pendant quelques instants, ils écoutèrent le crépitement de la pluie sur le verre et les arpèges du vent.

— Vous me manquez aussi. Si ça ne tenait qu'à moi…

— Tu serais encore au travail à cette heure-ci.

— Je dois revenir à tout prix, dit-il. Je deviens fou à force de rester chez moi. Hier, j'ai fini par regarder des émissions de cuisine, et il m'est même venu la tentation de cuisiner.

— Oh mon Dieu. Ne le raconte pas à la psy, hein ? Quoi d'autre ?

— J'ai tendance à parler seul assez souvent…

— Ça, tu l'as toujours fait, et là aussi : garde-le pour toi.

Ils rirent et la pluie s'immisça de nouveau entre eux.

— Vito, je peux te demander quelque chose ?

— Oui.

— Pourquoi tu n'as jamais couché avec moi ?

Sa voix était devenue un murmure.

— Parce que tu es mariée, et parce que tu l'aurais regretté dans la minute qui aurait suivi.

— Non, jamais de la vie.

— On est amis, le sexe gâche tout. Et tu es assez grande pour le savoir.

— Tu allais dire “vieille”.

— J'aurais dû.

Elle lui donna un coup de poing.

— Ça fait quatre mois que vous êtes séparés. Pourquoi tu ne t'es pas encore recasé ? Tu es beau, mystérieux et fascinant, tu pourrais avoir toutes les femmes que tu veux, à condition de changer d'appart.

Il sourit.

— Pourquoi es-tu encore seul ?

Strega finit son verre et le posa par terre.

— Parce que je l'aime encore… Je crois.

Ces mots la laissèrent sans voix.

Quelques secondes plus tard, la dernière bougie posée sur le rebord de la fenêtre s'éteignit. Le feu de cheminée était fini depuis un moment. La seule lumière était celle du néon d'un panneau publicitaire sur l'immeuble d'en face, qui dessinait d'étranges ombres colorées sur leurs corps.

Teresa s'endormit peu après.

Strega la souleva comme une petite fille. Il la posa sur le futon et la borda. Il fut tenté de dormir à côté d'elle, de la serrer contre lui, ne serait-ce que pour une nuit. Mais cette femme n'était pas la sienne. Ce n'était pas juste. Il n'avait rien à perdre, elle si. Ou peut-être qu'ils avaient tous les deux quelque chose à perdre. Quelque chose de plus important que le sexe et que le travail : cette belle complicité qui allait au-delà de l'insigne.

Il alla s'asseoir sur le grand canapé, et s'abandonna au jazz de la pluie.

Quelques minutes plus tard, il l'entendit arriver.

Sofia s'assit avec désinvolture à côté de lui comme si elle n'était jamais partie.

— Tu en as mis, du temps. Où tu étais ? demanda-t-il.

Elle ne répondit pas. Elle se contenta de se lover dans ses bras, comme toujours.

Strega l'effleura du bout des doigts et l'embrassa sur la tête.

— Je sais que tu te poses la question, et la réponse est oui : il y a une femme endormie sur ton lit. Mais pas la peine d'être jalouse. C'est juste une amie.

Elle secoua la tête, visiblement irritée.

— Il fait trop froid pour passer la nuit dehors, dit Strega en essayant de l'amadouer. Pas vrai ?

Elle le fixa de ses immenses yeux verts, et il crut la voir acquiescer.

— OK, tu es fatiguée. Bonne nuit, petite.

La chatte miaula et ils s'endormirent ensemble, comme toujours.

10

Marina se jeta sur le lit et commença à étaler de la crème sur son corps encore chaud après la douche brûlante. Elle avait bu quelques verres de trop et s'était laissée aller sous le jet d'eau, cherchant à se détendre et à oublier cette énième soirée de déprime.

Et pourtant, il restait quelque chose que ni l'alcool ni la douche n'avaient réussi à chasser. Ces deux yeux verts magnétiques… Elle avait l'impression de les sentir encore sur elle. Bien que fugace, la rencontre avec cet homme l'avait chamboulée. Cela faisait une éternité qu'elle n'avait pas éprouvé la sensation de se trouver face à un homme, un vrai, viril et sûr de lui. Enfin, il s'était plutôt agi d'une apparition que d'une présence.

Comme toujours, non ? se dit-elle.

Après avoir fini de se crémer, elle retira la serviette nouée autour de ses cheveux encore humides et s'apprêtait à prendre le sèche-cheveux quand elle vit l'Ipad sur sa table de chevet et fut prise d'une curiosité soudaine.

Elle se connecta sur Facebook et le chercha. Vito Strega : ce n'était pas un nom ordinaire.

Elle ne trouva personne. Elle essaya Twitter, sans plus de résultat. Cet homme fascinant ne semblait pas avoir de vie sur les réseaux sociaux. Sans grand espoir, elle tenta une recherche Google. Cette fois, ce fut la bonne. Les résultats étaient bien plus nombreux que ce qu'elle imaginait. Et elle ne s'attendait pas du tout à ces révélations, si bien qu'elle fut prise d'un fou rire presque hystérique.

— Un flic ? Mais non, j'y crois pas, dit-elle à voix haute.

Tandis qu'elle lisait les articles de presse sur le brillant commissaire Strega, Marina secouait la tête, amusée. Le destin est décidément étrange, se dit-elle, oubliant complètement ses cheveux mouillés pour s'immerger dans la vie du policier. Elle lut tout ce qu'elle put dénicher sur lui. Puis elle resta nue sur son lit à contempler le plafond. Un grand sourire aux lèvres.

II

Je savais que tu allais le faire, je savais que tu allais venir, que tu m'aurais suivie, que tu aurais trouvé une excuse pour venir dans la salle de bains... Je le savais parce que je te connais trop bien, je lis en toi comme dans un livre ouvert... Cette fois tu es venu non pas de ta propre initiative, mais parce que je l'ai voulu ainsi, je savais qu'en mettant cette robe, tu n'aurais pas résisté, je l'ai choisie exprès pour toi, mais cette fois il n'y aura aucune caresse, tu ne me toucheras plus, tu ne toucheras plus jamais personne... Terminé le chantage, terminé les tortures psychologiques, ça fait trop longtemps que je te supporte, il est temps d'en finir... Te voici, je t'entends entrer, j'entends à ta respiration que tu es déjà excité, je t'imagine regarder autour de toi, mais il n'y a personne, ne t'en fais pas, personne à part moi... et ma haine. "Je suis ici", te dis-je. "Tu es seule ?" demandes-tu. "Oui." Te voici... Tu ouvres la porte, comme trop de fois jusqu'à aujourd'hui, mais c'est la dernière, comme toujours tu souris, mais d'ici peu tu ne souriras plus.

Plus jamais...

Plus jamais...

Plus jamais...

12

Il fut réveillé par l'odeur du café. Vito ouvrit les yeux et s'aperçut que la couverture qu'il avait étendue sur Teresa les recouvrait maintenant, lui et Sofia, qui se frottait contre lui.

— Bonjour, petite, dit-il en prenant la chatte et en la posant par terre.

Sofia miaula quelque chose et courut à la cuisine.

Vito passa à la salle de bains et, à son retour dans le salon, une grande tasse de café noir l'attendait.

— OK, je dois bien l'admettre : il a beau être objectivement moche, et d'un aspect plus que douteux, ce futon est un des lits les plus confortables que j'aie jamais essayés. J'ai dormi comme un loir, dit Teresa sans se retourner, occupée à se maquiller.

— Il ne faut pas se fier aux apparences. Tu es flic, tu devrais le savoir, dit Vito en avalant une gorgée de café.

— Je t'ai entendu parler dans ton sommeil. Encore une de tes conversations avec toi-même ?

— Non, je parlais avec la chatte. Ça m'arrive souvent.

— Et elle te répond ?

— Parfois.

— Ça ne m'étonne pas.

Vito lui jeta un des coussins du canapé, la faisant rire.

— Tu es un phénomène, Vito Strega. Bon, en tout cas, ta chatte me déteste, dit-elle en se tournant une seconde.

— Pourquoi donc ?

— Ce matin, elle m'a réveillée en sifflant. Si elle avait pu parler, elle m'aurait dit "Dégage de là, sale garce !"

Vito rit et s'approcha de la baie vitrée, jetant un œil à la ville nappée de brouillard.

— Oui, elle est un peu jalouse…

— C'est rien de le dire. Zut, je suis à la bourre. Qu'est-ce que tu as de prévu, toi ?

— Dans deux heures, je vais voir la psy.

— Fais gaffe, hein.

— Arrête, Teresa, on dirait ma mère.

La policière se leva et s'apprêtait à répliquer, quand son téléphone se mit à vibrer.

— Merde… Déjà !

Elle répondit et resta silencieuse quelques instants.

— OK, mince… Oui, j'arrive, dit-elle avant de raccrocher.

— Encore un meurtre ? demanda Vito sans se retourner.

— Voilà, histoire de bien commencer la journée.

— Prends ma voiture.

— Et toi ?

— Ça me fera du bien de marcher un peu.

— OK, merci.

— Bon courage.

Elle l'enlaça de toutes ses forces et frotta son visage contre son dos.

— Un jour ou l'autre, tu me diras oui, dit-elle.

— L'espoir fait vivre, inspectrice, rétorqua-t-il. Fais attention à toi.

— Oui, papa.

Teresa prit les clés de la Mini et quitta l'appartement avec le sourire.

Vito, quant à lui, sentit les ténèbres qui revenaient envahir la pièce. Il était libre, et pourtant jamais il ne s'était senti aussi prisonnier.

13

La présence de la police dans une école n'avait rien d'habituel. Mais ce n'était pas une matinée normale. Loin de là.

Teresa Brusca parcourut le couloir qui menait aux toilettes. Toutes les classes avaient été évacuées, et il y avait un va-et-vient de policiers de la scientifique qui effectuaient des prélèvements.

D'après les premières discussions avec ses collègues, elle savait que cette fois encore, la scientifique ne leur apprendrait rien de plus que ce qui relevait de l'évidence.

Ferrero était là avec son assistant. Quand il la vit arriver, il s'approcha.

— Qu'est-ce qui leur prend, à ces gamins ? Il y a quelque chose dans leur bouffe, ou quoi ? attaqua le médecin légiste. Ou bien ce sont ces fichus jeux vidéo ? Mon fils passe son temps scotché à son écran, à faire plus de morts que les deux guerres mondiales réunies. Tu crois que je dois me faire du souci ?

— Je ne sais pas, répondit Teresa, coupant court à ses élucubrations et revêtant le masque de cynisme qu'exigeait son rôle.

Elle devait tâcher de rester de marbre, mettre de côté ses émotions, ses sentiments. C'était difficile, mais c'était ce qu'on attendait d'un bon policier. Comme le lui avait appris Vito Strega.

— Bah, au moins ils te facilitent le travail : il n'y a pas de doute sur l'identité du meurtrier. De la meurtrière, en l'occurrence. Une gamine de quinze ans. Je pense qu'elle a attendu le prof dans les toilettes. Dès qu'il est entré, elle lui a jeté de l'acide dessus… de l'acide sulfurique, à première vue, dit le légiste en désignant le cadavre ravagé d'un homme entre deux âges étendu au milieu des toilettes. Regarde-moi ça.

— Doux Jésus !

— Il a dû tomber à la renverse, et elle a continué de lui jeter de l'acide dessus, tu vois les brûlures sur les bras et sur les vêtements, là ? Ensuite elle a pris un stylo et s'est mise à le poignarder à la gorge, au visage, à l'abdomen, mais je dirais que les coups mortels sont ceux qui ont été portés à la gorge, tu vois ?

— Mon Dieu, murmura la policière. Et ça, c'est quoi ?

Ferrero se tourna.

— C'est la gamine qui a écrit ça avec le sang, avant que les autres profs ne l'emmènent.

Sur le mur était écrit "jamais plus…" des dizaines de fois.

— Je ne veux pas te voler ton travail, mais on dirait que la petite avait des comptes à régler avec ce malheureux, et je ne crois pas qu'il s'agissait d'une mauvaise note.

— Où est-elle ?

— En bas. Ils ne l'ont pas encore embarquée à la questure.

— OK.

— Tu appelles qui ? demanda Ferrero en la voyant tapoter sur son téléphone.

— Strega.

— Mais il n'est pas suspendu ?

— Si.

— Alors comment… Je ne pense pas qu'il puisse…

— Il comprendra forcément mieux que nous.

— Pourquoi ?

— Parce que tu as raison, il y a quelque chose de trop étrange dans ces meurtres, et je ne crois vraiment pas que ce soit dû à ce qu'ils ont dans leur assiette, Ferrero.

— Ce serait dû à quoi, alors ?

Teresa ne répondit pas. Vito non plus. Son téléphone était coupé.

Trois meurtres. Trois adolescents.

Il y avait décidément quelque chose d'étrange, pensait la policière en quittant la scène de crime.

14

— QUELLE est votre situation sentimentale ? Vous êtes marié, n'est-ce pas ?

Instinctivement, Strega effleura son annulaire où, quelques semaines plus tôt, il portait encore son alliance. Il lui avait fallu plus de trois mois pour trouver le courage de la ranger dans un tiroir.

— Oui, je suis marié.

— Et comment ça se passe ?

L'espace de quelques secondes, il se demanda ce qu'il devait répondre. Il envisagea de mentir mais, flairant la question piège, il opta pour la vérité.

— Ça ne se passe pas. Nous nous sommes quittés il y a quelques mois.

— Vous êtes séparés ?

— Oui, mais je ne vois pas le rapport avec ma présence ici.

— Laissez-moi en juger, d'accord ?

Strega secoua la tête.

— Avec cette attitude, vous ne faites que retarder votre réintégration éventuelle.

— Éventuelle ?

— Absolument. Je ne suis pas votre ennemie, commissaire. Je suis là pour vous aider.

— Mes supérieurs me détestent, ils n'attendent qu'une chose, c'est de se débarrasser de moi. Et je suis sûr que s'ils vous ont choisie pour l'expertise, ils doivent avoir une raison bien précise. Donc je vous demande d'avoir l'amabilité de me faire gagner du temps et de me dire tout de suite si vous êtes de mèche avec eux, et si vous avez déjà décidé de refuser ma réintégration.

— Vous m'accusez de corruption ?

— Non, mais…

— Levez-vous et sortez d'ici.

Strega était abasourdi.

— Vous m'avez entendue ? Levez-vous et sortez d'ici.

— Mais…

— Revenez quand vous aurez mis vos idées au clair, et ne vous avisez pas de me répéter ce genre de choses.

— Je ne voulais pas…

— Dehors !

Penaud, le policier se leva et quitta le cabinet.

Bravo, Vito. De mieux en mieux, se dit-il en sortant de l'immeuble.

15

IL connaissait ses horaires. Sa routine. Ses habitudes. Ses petites manies et ses obsessions. Ils avaient partagé plus de dix ans ensemble, comme s'ils n'étaient qu'une seule et même personne.

Mais cette époque était révolue. Et il était adossé à l'arrêt de bus en face de chez elle, à l'espionner à travers la fenêtre du salon, le col de son manteau relevé pour cacher son visage.

Voilà à quoi tu en es réduit, pensa-t-il en la regardant traverser la pièce de son pas énergique et rapide. Dix ans ensemble, et voilà où on en est.

Il savait qu'il n'avait rien à faire ici. Un mois plus tôt, il avait cherché à l'aborder une énième fois, et devant son refus obstiné, il avait craqué et s'en était pris à coups de pied aux poubelles du tri sélectif, arrachant d'un coup de poing la boîte aux lettres et la barre en fer qui l'ancrait au sol. Elle avait pris peur et s'était enfermée chez elle, menaçant d'appeler la police. C'était ça qui l'avait le plus affecté : pas la menace, mais le fait qu'elle ait pu craindre qu'il lui fasse du mal. Comment une telle idée avait-elle pu l'effleurer ? Il se serait tué plutôt que de porter la main sur elle.

Et voilà qu'il était revenu, incapable de rester loin d'elle. Il lui suffisait de la regarder. De savoir qu'elle allait bien. Il aurait pu rester des heures à l'observer, mais il devait s'en aller avant que…

— Tu n'as rien à faire ici, dit une voix dans son dos.

Trop tard.

Il se tourna et murmura un juron.

C'était lui. Son nouveau compagnon. Celui pour qui elle l'avait quitté. Il portait des sacs de courses. Ses yeux brûlaient de rage. Mais aussi de peur.

— C'est toi qui le dis ?

— Non, c'est l'injonction d'éloignement du juge, répliqua l'autre en posant ses sacs.

Parce qu'au bout du compte c'était *lui* qui l'avait dénoncé, qui était passé à l'acte, qui avait obtenu cette mesure infamante et humiliante.

— Qu'est-ce qu'il y a ? Tu veux te battre ? le provoqua-t-il.

— Ne sois pas ridicule. Tu veux encore la terroriser ? Tu es déjà dans une situation délicate, pas la peine de l'aggraver… Va-t'en, et je ne lui dirai pas que tu es venu.

— Comme c'est gentil.

L'homme secoua la tête et sortit son portable.

— Je dois vraiment appeler la police ? le menaça-t-il.

— C'est moi, la police, dit Vito Strega en enfonçant ses mains dans les poches de son manteau.

— Plus maintenant, à ce qu'il paraît.

Strega le fixa avec une haine proportionnelle à l'amour qu'il éprouvait pour la femme dont ils étaient tous les deux épris.

— Va-t'en, Vito, et ne remets plus les pieds ici. C'est terminé.

Strega le fixa encore quelques secondes.

— J'espère que tu te rends compte de la chance que tu as, dit-il.

Puis il fit volte-face et s'éloigna. La tête enfoncée dans les épaules. Le dos voûté sous le poids de son amour. Et du sentiment d'abandon.

16

— Tu prends quelque chose ? demanda Teresa.

Une adolescente poignardée. Un père assassiné à coups de marteau. Un prof poignardé au stylo. Les photos de la scientifique lui avaient noué l'estomac.

— Rien, je crois, merci.

— C'était une blague, idiot.

Strega leva les yeux de la photo et fixa sa collègue de l'autre côté de la table.

— Très spirituel. Relation entre les victimes ?

— Aucune, pas plus qu'entre les meurtriers.

— Rien ? Tu es sûre ?

— Oui. Écoles différentes, quartiers différents, cercles d'amis, origines sociales, caractères différents… Ils n'ont rien en commun, à part leur âge, et une bonne dose de rage.

— Drogue ?

— D'après les premiers examens, non. Ils sont clean.

— Hmm… Tu sais que tu risques gros à faire appel à moi, pas vrai ?

— C'est juste une conversation officieuse, dans un bar, qui plus est.

— OK.

Teresa le regarda se replonger tête baissée dans les photos des scènes de crime, en se massant énergiquement la nuque et le cou avec la main droite. Ce tic lui avait manqué : Vito faisait toujours ça machinalement quand il essayait de se concentrer et d'entrer dans la tête des criminels.

— Je ne sais pas quoi dire, à part qu'il y a quelque chose d'étrange, non ? fit la policière en finissant un café et une brioche au chocolat à laquelle elle n'avait pu résister. C'est comme si ces jeunes se rebellaient tous ensemble, comme s'ils s'étaient mis d'accord.

— Ou comme si quelqu'un les avait mis d'accord, dit Strega.

Teresa sentit un frisson lui parcourir l'échine. Elle n'avait pas pensé à ça.

— Comment ?

Strega haussa les épaules et enfonça ses mains dans les poches de son manteau.

— Comment ? Je ne sais pas, mais si tu dis vrai et qu'il n'y a aucun lien entre eux, peut-être que quelqu'un les pilote. Il ne faut pas oublier qu'ils sont jeunes. Je ne crois pas qu'il y ait, comment dire, de planification concertée, de communauté d'intentions entre eux. Et si c'est le cas, l'idée n'a sûrement pas germé dans leur tête…

— Tu penses que quelqu'un les manipule ?

— Possible, même si l'hypothèse peut sembler hasardeuse. Comme tu le dis toujours, parfois il n'y a pas d'explication, mais une simple coïncidence : des jeunes qui se rebellent, qui tuent, pour des raisons diverses et variées. Et c'est peut-être un hasard que tout ça soit arrivé en moins de trois jours, dit Strega en lui rendant les photos.

— Qu'est-ce que tu me conseilles de faire ?

— Creuse encore. Vérifie qu'il n'y a aucun lien entre eux. Reconstruis leur réseau de relations amicales, familiales, scolaires, etc., et recoupe-les. S'ils n'ont vraiment rien en commun, ça signifiera qu'il s'agit d'une triste coïncidence. Bon, évidemment, le mieux serait de les interroger.

— Tu crois que je n'ai pas essayé ? Ils ne disent rien, et chaque fois les avocats et les assistants sociaux coupent court au bout de dix minutes au nom des droits des mineurs.

— Je comprends. Alors essaie ce que je t'ai dit.

— OK, merci Vito.

— À ton service.

— Comment ça s'est passé avec la psy ?

— À merveille.

Teresa haussa un sourcil.

Strega se leva pour aller payer.

— Tout va bien ? Tu as l'air contrarié.

Il se frotta violemment la tête, ébouriffant ses cheveux en brosse.

— Ces photos m'ont un peu troublé... Tiens-moi au courant, dit-il avant de partir.

Strega avait vu bien pire dans sa carrière. Teresa ne le crut pas une seconde.

17

Tu entends mon cœur ? Tu sens comme il bat ? Je ne pensais pas en arriver là, passer au niveau supérieur, ne plus être dans le rêve, le fantasme, mais dans la… réalité. Ça me dégoûte d'en être arrivée là, mais tu ne m'as pas laissé le choix, je t'aimais par-dessus tout. Dès l'instant où je t'ai vue, mon cœur a cessé de battre, la seule chose que je désirais c'était d'être près de toi, de t'aimer de tout mon être. Tu as toujours été ma déesse, tu représentais tout ce que je voulais. Mais non seulement tu m'as rejetée, mais tu as aussi ridiculisé mon amour, tu m'as dit que j'étais un monstre, tu l'as raconté à tout le monde, tu as fait lire à tous ces connards mes lettres d'amour, mes messages. Tout le monde a su mon amour pour toi, tout le monde s'est moqué de moi, ils ont commencé à m'appeler "broute-minou", "lesbienne lubrique" et de mille autres manières. Mais rien à foutre de tout ça, ce qui m'a fait le plus de mal, c'est que c'est toi qui m'as blessée, qui m'as tuée à l'intérieur, qui as trahi mon amour. Maintenant, c'est terminé, j'ai compris comment t'avoir pour toujours. C'est pour ça que je le fais, c'est pour ça… pour t'avoir toujours avec moi, dans mon cœur. C'est seulement pour ça que je le fais, mon amour, c'est seulement pour ça que je te tue.

18

Il laissait une fenêtre ouverte en permanence, jour et nuit, pour lui permettre d'entrer et sortir à sa guise. Elle était lunatique et capricieuse. Et susceptible.

Quand Vito rentra chez lui, elle n'y était pas. C'était curieux : d'ordinaire à cette heure, elle revenait à l'appartement pour manger. Il comprit que son absence était un signe : elle voulait le faire payer pour avoir ramené Teresa chez lui et compromis leur équilibre. Parce que plus encore que lunatique, Sofia était d'une jalousie maladive.

Vito mit un disque de jazz, se prépara un thé et sortit par la porte-fenêtre de la cuisine qui donnait sur l'escalier de secours.

Il posa la tasse sur la balustrade et resta là à contempler la ville.

Il avait roulé des heures sans but. Il avait toujours aimé faire ça. Mais après la séparation et la suspension, c'était devenu comme une nécessité. C'était une des rares choses qui l'apaisaient. Qui calmait le tumulte de ses pensées.

— Quand tu montes sur le toit, c'est que tu es triste. Et quand tu es triste, c'est que tu penses à elle, ou, pire, que tu es allé l'espionner. C'est ça ? Tu es allé l'espionner ?

Vito fit volte-face.

La personne qui avait parlé le fixait du regard, occupée à allumer une cigarette. Elle tenait dans une main une vieille édition du *Portrait de Dorian Gray*. C'était lui qui la lui avait prêtée. Il était son dealer de livres.

— Alors ? demanda la jeune fille en tirant la première bouffée. J'ai vu juste ?

— Ce ne sont pas tes affaires, Jessica, dit Vito en se retournant vers la ville.

— Esquiver, c'est avouer…

— Peut-être que je devrais arrêter de te prêter tous ces livres. Tu deviens trop intelligente, dit-il avant de boire une gorgée de thé.

La jeune fille s'approcha et l'enlaça par derrière. Elle avait quatorze ans et habitait au troisième étage. Ils s'étaient rencontrés là, sur le toit, où Jessica allait fumer en cachette de sa grand-mère, avec qui elle vivait, et où Vito venait réfléchir et décompresser. C'était une adolescente vive et intelligente. En l'espace de quelques semaines, ils étaient devenus confidents. Ils n'avaient pas d'horaire défini pour se retrouver, mais il arrivait souvent après le dîner qu'ils fassent tous les deux un saut sur le toit : l'occasion de se retrouver dans un lieu rien qu'à eux.

— Tu sais que tu as l'air d'une gargouille, de dos, grand comme tu es, avec ton manteau gonflé par le vent ?

— Tu es bête… C'est comment, *Dorian Gray* ?

— C'est un de mes préférés pour l'instant. Je t'ai dit, si tu en as marre de la police, tu peux toujours devenir libraire.

— J'aurais dû y penser il y a des années. Je crois que c'est trop tard, maintenant.

— Sofia ?

— Partie se promener.

— Dommage, je voulais lui faire un câlin. Alors, tu ne veux rien me dire ?

— À quel sujet ?

— Devine ! Ta femme. Tu l'as vue ?

— Ex-femme.

— Comme tu voudras. Alors ?

— Je l'ai vue, oui.

— Tu lui as parlé ?

— Non.

— Bien. Je comprends pas pourquoi tu t'obstines à te faire du mal comme ça. Si elle ne veut pas te voir, tu dois respecter sa décision. Il faut que tu tires un trait sur cette histoire.

— Je t'assure que ce n'est pas si facile, Jessica.

— Trouves-en une autre, alors.

— Je n'ai pas besoin d'une autre, et je te remercie d'arrêter de me psychanalyser. Il ne manquait plus que toi, bon sang.

— Quand tu la vois, tu deviens odieux. Regarde-toi un peu. Teresa, ta collègue, a dormi ici cette nuit…

— Et alors ?

— Vous l'avez fait ? demanda-t-elle, malicieuse.

— Jessica, enfin ! Tu veux bien arrêter ?

La jeune fille pouffa et lui prit une gorgée de thé. Vito regarda ses cheveux blonds onduler dans le vent.

— Comment ça va, au collège ?

Elle le fusilla du regard.

— C'est quoi, une vengeance ? Tu es mon ami, pas mon père, Vito.

— Tu as raison, pardon.

Ils restèrent quelques minutes à contempler la ville en silence.

— Pause cigarette terminée, je dois redescendre. Je peux me laver les dents chez toi ?

— Tu n'as pas besoin de demander, tu le sais.

— Merci, commissaire.

Alors que Jessica se dirigeait vers l'escalier, Vito la rappela.

— Je peux te demander quelque chose ?

— Vas-y.

— Tu arriverais à tuer quelqu'un si tu étais très fâchée ?

— C'est quoi cette question à la con ?

Vito regretta d'avoir demandé, mais Jessica avait le même âge que les assassins. Il n'avait pas pu s'en empêcher.

— Une question idiote, excuse-moi… Laisse tomber.

Elle commença à s'éloigner, puis elle se ravisa.

— Oui, je pourrais, mais seulement si ce quelqu'un m'avait vraiment fait beaucoup de mal.

Sur ces mots, elle s'en alla.

Vito Strega passa toute la nuit à ruminer sa réponse.

19

TERESA Brusca avait envie de dormir chez Vito. Mais trouver une excuse deux nuits d'affilée aurait été malvenu : son mari s'était déjà plaint de son "éloignement". Même quand ils étaient ensemble, elle était distante, perdue dans ses pensées, lui reprochait-il.

Elle aimait son mari. Mais la relation qu'elle avait avec Vito… Aucun homme n'arrivait à la toucher ainsi, au plus près de son âme.

— Tu as passé une bonne journée ? demanda Raffaele en attaquant son dîner.

— J'ai arrêté une gamine de treize ans qui a tué une camarade à coups de pierre dans un parc en pleine journée. Quand on est arrivés, elle était en train d'embrasser le cadavre.

Son mari manqua de s'étouffer.

— Tu plaisantes ? demanda-t-il.

— Pas du tout.

— Mon Dieu… Ça n'a aucun sens de continuer à faire ce boulot pourri. Pourquoi tu n'arrêtes pas ? Tu es en train de te rendre malade. Et tout ça pour être payée au lance-pierre. Pourquoi tu t'imposes ça ?

Bonne question : pourquoi s'imposait-elle ça ? Pour elle, ce métier n'était pas une mission, comme il semblait l'être pour Vito. Il n'avait rien de romantique. Ce n'était pas un moyen de compenser le mal par la justice, comme le faisaient croire les téléfilms policiers. C'était seulement un travail difficile et mal payé. Rien de plus.

Alors pourquoi tu ne démissionnes pas ? se demanda-t-elle.

Il n'y avait qu'une réponse : à cause de lui. Parce qu'elle ne voulait pas le perdre. Tant pis s'il ne voulait pas d'elle. Bien sûr, elle serait aux anges s'il changeait d'avis sur elle, sur eux deux, mais il lui suffisait de le regarder pour être heureuse.

— Alors ? la pressa son mari.

— J'ai perdu l'appétit. Je suis fatiguée, je vais me coucher, dit-elle en se levant.

Elle l'entendit cogner ses couverts sur l'assiette, mais elle ne se retourna pas. Elle alla se changer dans la salle de bains, puis elle se glissa sous les draps.

Elle chercha le sommeil, mais ne le trouva que tard dans la nuit. Impossible de se sortir ces yeux verts de la tête.

Je te déteste, Vito Strega, fut sa dernière pensée.

20

— Alors, vous avez encore l'intention de me mettre en colère, aujourd'hui ?

— Je ne peux rien vous promettre, répondit Strega avec un sourire.

Cette fois, elle lui rendit son sourire.

— Bien… D'abord, comment allez-vous ?

— Le terrain me manque.

— On y travaille. Pourquoi votre métier vous plaît-il tant, à ce propos ?

— C'est tout ce que je sais faire.

— Mensonge. Vous avez exercé en tant que psychologue, et avant cela vous étiez soldat.

— J'étais dans la marine.

— Exactement. Fusilier marin : vous étiez commando, c'est ça ? Bosnie et Kosovo, entre autres. Vous avez aussi été décoré à plusieurs reprises.

— Ce n'est pas une chose dont je m'enorgueillis. J'étais très jeune, et c'était il y a une éternité.

— Vous voulez en parler ?

— Non.

La psychologue croisa son regard et comprit qu'il valait mieux ne pas insister.

— Comme vous voulez. En tout cas, vous voyez que vous savez faire autre chose. Qu'est-ce qui vous lie à tel point à ce métier ?

— Je ne sais pas trop. J'aime penser qu'il est possible d'œuvrer à un monde plus juste. Peut-être que c'est une utopie, mais il faut bien croire en quelque chose, non ?

— Et si vous arrêtiez de me dire ce que j'ai envie d'entendre en tant que psy ?

Il sourit et haussa les épaules.

— Reprenons... Donc vous trouvez que ce monde est injuste ? Et tâchez d'être honnête, s'il vous plaît.

— Incroyablement injuste... Mais ne croyez pas que ce soit un délire de persécution ou une crise de nihilisme... Je crois simplement que le mal est omniprésent, au milieu d'un océan d'indifférence. Vous voyez ?

— Oui, ne vous inquiétez pas, je comprends ce que vous voulez dire. Et votre collègue ? Jacopo Di Giulio ? Il aimait votre métier ?

— Oui. Peut-être même trop.

— Dans quel sens ?

— C'était un vrai flic. Il aimait coffrer des gens.

— Pas vous ?

— C'est mon métier, mais ce n'est pas ça qui m'attire. Ce qui m'intéresse, c'est de rendre justice aux victimes. Pour lui... C'était une affaire plus personnelle, entre lui et les criminels. Les victimes... c'était accessoire. Ce qui lui plaisait, c'était l'action, arrêter des méchants.

— Je comprends. Votre femme, en revanche, n'aime pas votre métier, n'est-ce pas ?

— Je savais que vous alliez en arriver là.

— Répondez, s'il vous plaît.

Strega ricana.

— Elle le déteste.

— Pourquoi ?

— Parce que… Elle disait que le travail me collait à la peau, que je le ramenais à la maison, que je n'arrivais pas à décrocher.

— Et c'est vrai ?

— Je suppose que oui.

— Au moins vous êtes sincère. Et vous avez essayé, je ne sais pas, d'arranger les choses, de trouver une solution ?

— J'ai essayé, mais je n'ai pas dû m'y prendre comme il fallait.

— C'est-à-dire ?

— Je ne parlais pas. Elle disait que je ramenais le travail à la maison ? Eh bien, je n'en parlais plus, je faisais comme si mes journées étaient vides et monotones.

— Mais ça n'a pas fonctionné.

— Non, elle disait que je l'excluais de mon monde, que j'étais devenu inaccessible. On avait beau tourner le problème dans tous les sens, c'était toujours ma faute.

— Elle vous a déjà demandé de renoncer à votre travail ?

— Jamais directement, mais c'est ce qu'elle voulait, oui.

— Vous avez déjà regretté de ne pas l'avoir fait ?

— Oui.

— Bien, ce sera tout pour aujourd'hui.

— Nous avons déjà terminé ?

— Oui, si vous me promettez qu'on se revoie demain.

— Je… OK, très bien. Je peux y aller, alors ?

— Oui. Une seule chose : je voudrais que vous fassiez un petit exercice à la maison.

— Je me disais aussi… Je vous écoute.

— Essayez de visualiser à quoi ressemblerait votre vie si vous n'étiez pas policier. Non, ne faites pas cette tête. Je vous demande seulement d'imaginer un autre choix de vie. Essayez de penser à un autre travail, et voyez s'il pourrait vous plaire. C'est tout.

— OK.

Strega se leva, prêt à partir.

— Une dernière chose, commissaire. Je vous demande une réponse sincère.

Il haussa les épaules.

— Que faisait un fusilier marin comme vous au Kosovo ?

Il réfléchit quelques secondes et dit :

— Clairement pas une opération de maintien de la paix. Bonne journée, madame Salerno.

La psychologue resta longtemps à fixer la porte que Strega avait refermée derrière lui.

21

— ALORS ? Quand est-ce qu'elle te réintègre ?

Strega haussa les épaules et s'adossa au parapet dressé devant les eaux agitées de la rivière.

— Aucune idée, mais j'ai l'impression que ce n'est pas pour tout de suite.

— C'est pas bon pour toi et pire encore pour nous. On a besoin de toi au moins autant que tu as besoin de l'insigne.

— Je ne sais pas, Teresa. Bref, parle-moi un peu de ce quatrième meurtre.

La policière souffla sa fumée et le mit au courant.

— Treize ans, et c'est la quatrième en quelques jours, résuma-t-il, incrédule.

— Et tu veux savoir la meilleure ? J'ai tenté de suggérer à Iovine l'idée qu'il y avait quelque chose d'étrange derrière ces meurtres et il m'a rembarrée direct en me traitant quasiment d'attardée mentale.

Maurizio Iovine était le commissaire en chef sous l'autorité duquel elle était placée. Depuis la suspension de Strega, il avait pris son poste à la tête de la section. C'était un bureaucrate incompétent et imbu de lui-même, plus soucieux de faire du chiffre que de rendre justice.

— Quel idiot.

— Il dit que je dois m'estimer heureuse de pouvoir boucler quatre affaires sans faire d'enquête, et qu'il est hors de question d'employer les ressources du service pour un dossier déjà clos ou presque.

— Pathétique.

— Attends, ce n'est pas fini. Il dit que je dois penser à mes statistiques, qu'avec les nouveaux financements, ces quatre meurtres peuvent me permettre de figurer en bonne place pour une promotion. Et comme il n'y a pas de carotte sans bâton, il m'a prévenue que si ma théorie se retrouvait dans la presse, il me poursuivrait au tribunal. Depuis que tu n'es plus là, son délire de toute-puissance a atteint des sommets, c'en est gênant.

— Et qu'est-ce que tu comptes faire ? Si tu persistes, tu finiras sur sa liste noire, et tu sais ce que ça signifie…

— Toi, ça fait au moins dix ans que tu es sur la liste noire, Vito, et tu es toujours là.

— Oui, mais ma vie est un enfer.

— J'ai envie de continuer à creuser. Je sens qu'il y a quelque chose.

Strega acquiesça.

— Je ne sais pas si c'est bon signe, mais je ferais pareil à ta place. Ne serait-ce que pour lever les doutes.

— Je sais.

— Tu as vérifié ce que je t'ai dit ?

— Oui, mais je n'ai rien trouvé. Les quatre adolescents ne se connaissent pas et il n'y a aucune connexion entre eux, j'en ai la certitude.

— J'ai réfléchi et il y a une chose que tu peux faire pour en avoir le cœur net, mais c'est risqué et ça ne va pas plaire à Iovine.

— Tu m'intéresses, sourit-elle.

— Fais en sorte de les mettre tous les quatre dans la même pièce pour voir leur réaction. Trouve un prétexte, dis que tu dois les interroger, et essaie de les laisser seuls, pendant une demi-heure, une heure, ce que tu arrives à obtenir… S'ils mentent, s'ils cachent quelque chose, tu t'en apercevras.

— Génial ! Je vais essayer, Vito. Merci.

— Pas de quoi.

— Et toi, quel est ton sentiment ? Tu penses qu'ils cachent quelque chose ?

Pendant un instant, le commissaire se tourna et observa la rivière agitée.

— Non, je ne pense pas qu'ils cachent quelque chose, dit-il avant de la fixer de ses yeux vert émeraude. Je pense qu'ils cachent quelqu'un.

22

La femme vérifia qu'il n'y avait personne à l'intérieur et que l'appartement n'était pas équipé d'un système de surveillance. Elle crocheta habilement la serrure et entra chez Vito Strega.

— Ouah, murmura-t-elle à la vue du futon et des livres empilés dans tous les coins.

Elle se demanda s'il était humainement possible de lire tous ces livres en une seule vie, apparemment oui. Strega était quelqu'un qui *vivait* les livres : on voyait sur leur dos les marques d'usure d'un lecteur avide.

Elle parcourut la pièce du regard. Ce n'était pas ce à quoi elle s'attendait. Pourtant, l'endroit avait beau détonner avec ses goûts sophistiqués, il lui plaisait. L'appartement était clairement petit pour un géant comme lui, mais chaleureux. Il avait des airs de refuge plus que de foyer. Ce qui ne fit qu'aiguiser sa curiosité. Elle se demanda à quoi, ou à qui, voulait échapper Vito Strega.

Elle parcourut ses disques de jazz, chercha des traces de son odeur dans ses vêtements, ses placards, sur son oreiller, et s'amusa à ouvrir le réfrigérateur pour voir s'il était plutôt du genre micro-onde ou cuisinière, les deux catégories entre lesquelles elle divisait les hommes célibataires.

Apparemment, il aime cuisiner, pensa-t-elle avec satisfaction en refermant le frigo.

Elle se mit en quête de photos et d'objets personnels, et les trouva dans un tiroir. Les clichés montraient le commissaire quand il était encore soldat, sur différents théâtres d'opérations. Des photos de lui en uniforme de policier, de son mariage, de lui enfant, avec une autre enfant de son âge, ou tout seul, à la mer. Elle regarda longuement cette dernière photo.

— Alors tu les as depuis toujours, ces grands yeux tristes, murmura-t-elle à l'appartement vide.

Lorsqu'elle entendit le bruit dans son dos, les photos tombèrent par terre.

Elle se tourna brusquement et la vit, debout sur le bord du canapé, ses yeux semblables à deux projectiles verts braqués sur elle.

— Tu m'as fichu une de ces frousses... Qui es-tu, petite ? demanda Marina à la chatte, en s'approchant avec les meilleures intentions. Tu es sa fiancée ?

Sofia se contenta de la dévisager.

Quand la femme tenta de caresser son pelage noir luisant, la chatte lui griffa la main jusqu'au sang, pénétrant à travers le cuir de ses gants, et lui arracha un cri, plus de surprise que de douleur.

Quand Marina reporta ses yeux sur elle, elle n'était plus là. Évaporée comme un fantôme.

— Sale petite garce, dit-elle.

Elle fouilla l'appartement, mais la chatte avait disparu. Agacée par l'incident, Marina s'efforça d'effacer les traces de son passage et se prépara à partir. Elle en avait assez vu.

Elle était sur le point d'ouvrir la porte quand elle se figea. Elle revint sur ses pas, rouvrit le tiroir et prit la photo de Vito enfant, à la mer, avec ses grands yeux verts qui semblaient transpercer la pellicule. Elle la fourra dans son sac à main, enfila une paire de lunettes de soleil et gagna la sortie, dissimulant sa main blessée dans la poche de son manteau. Sa peau lacérée était brûlante, tout comme son intérêt pour Vito Strega.

23

Il ne croyait pas en Dieu. Il avait vu trop de choses pour croire en Lui. Mais il sentait comme un manque dans sa vie. C'était un sentiment contradictoire, qu'il n'arrivait pas à s'expliquer. Bien que certain de ne pas être croyant, il se rendait souvent à l'église. Comme ce jour-là. À des horaires insolites, le soir de préférence, pour éviter les messes. Il aimait le silence de la nef et l'impression de paix qu'elle dégageait. Il aimait l'odeur de cuir des prie-Dieu, les relents d'encens dans l'air, les courants d'air frais inattendus, et le vacillement des cierges. Cette atmosphère rassurante l'aidait à réfléchir. À se couper du monde.

Vito Strega croisa les doigts et se frotta le front. Trop de pensées se mêlaient dans son esprit. Sa femme, la séance avec la psy, la mort de son collègue Jacopo, sa suspension, et l'affaire des enfants tueurs. Cette dernière le taraudait particulièrement. Il avait allumé quatre cierges pour les victimes, espérant que leur nombre n'augmenterait pas.

— Quel Dieu permettrait tout ça? dit Teresa en s'asseyant à côté de lui.

— Comment tu m'as trouvé ? demanda-t-il, pris de court.

Le charme était rompu. La paix qui l'enveloppait se dissipa.

— Je te connais trop bien. Tu y crois, toi ?

— Je ne sais pas. Je ne pense pas.

— Pourquoi tu continues à venir ici ?

— J'aime me dire que je me trompe.

— Moi aussi, j'espère que tu te trompes.

— Qu'est-ce que tu veux, Teresa ?

— La confrontation... J'ai réussi à obtenir l'autorisation. Tu veux venir, ou tu préfères finir ton rosaire ? demanda-t-elle en réprimant un éclat de rire.

— Très drôle. Allez, on y va.

24

Il n'aurait pas dû se trouver là. Si Iovine l'avait découvert, il aurait pu dire adieu à ses espoirs de réintégration. Mais il avait été incapable de résister. L'instinct du chasseur, comme disait Teresa pour le taquiner.

La direction de la prison pour mineurs avait mis à leur disposition un bureau désaffecté, avec une table et quatre chaises. L'idéal aurait été d'avoir des micros, des caméras cachées et un miroir sans tain à l'américaine pour observer leurs réactions. Mais ils étaient en Italie, en pleine récession. Ils allaient devoir se contenter de ce qu'ils avaient. Ils avaient donc décidé de rester dans la pièce, pour les examiner de près.

Teresa se tenait debout, les bras croisés, le visage de marbre. Strega était adossé au mur, les mains enfoncées dans les poches de son manteau, les yeux aux aguets.

Les agents pénitentiaires escortèrent les adolescents l'un après l'autre et les firent asseoir. Les jeunes étaient silencieux et pâles. Ils donnaient l'impression de ne pas comprendre ce qui se passait, comme s'ils devaient encore s'habituer à ce monde fait de barreaux, d'uniformes et de comptages nocturnes.

Les agents quittèrent la pièce et fermèrent derrière eux. Teresa et Vito fixèrent en silence les adolescents, conformément au scénario établi.

Ils virent leurs regards se croiser, puis se détacher brusquement, comme s'ils évitaient le contact visuel. Personne ne disait rien, comme s'ils étaient intimidés par l'immense policier, plus que par la femme, ou bien par leur présence mutuelle, comme souvent entre adolescents.

Dix bonnes minutes s'écoulèrent ainsi sans que personne ne prononce un mot.

Teresa était sur le point de renoncer : vu le malaise ambiant, il était évident qu'ils ne se connaissaient pas. Cette fois, Strega s'était trompé. Elle s'apprêtait à lui dire qu'elle comptait mettre fin à la rencontre, quand le jeune qui avait tué son père fit tomber le masque en éclatant de rire. Un rire tonitruant, libérateur.

L'inspectrice fit volte-face, surprise, tandis que sur le visage de Strega s'affichait un demi-sourire triste et résigné.

Michela, la jeune fille qui avait inauguré la série de meurtres, éclata de rire à son tour, suivie presque aussitôt par les deux autres. Ils riaient bruyamment, comme s'ils étaient amusés par la présence des policiers. Ils riaient comme des enfants, un rire contagieux qui excluait les adultes et leur monde.

Mais ces enfants-là riaient pour quelque chose d'autre. Un secret partagé, terrible, qui les unissait tous dans cette pièce rendue glaciale par leur hilarité.

Teresa observait le spectacle, éberluée.

— Ça… ça suffit, dit-elle.

Les adolescents ne lui prêtèrent aucune attention. Au contraire, ils rirent de plus belle.

— Ça suffit. Ça suffit, j'ai dit !

Rien. Des rires, et encore des rires.

— Stop ! Arrêtez ça, putain ! cria-t-elle en frappant la main sur la table, avec pour seul résultat de les amuser encore plus.

Strega sentit ses mains trembler de rage dans ses poches. Il aurait voulu leur coller des baffes jusqu'à transformer leurs rires en larmes. Parce qu'il avait en face de lui, non pas des enfants innocents, mais des assassins de sang-froid, parfaitement conscients de leurs actes.

— On s'en va, dit-il à Teresa.

— Comment ça, on s'en va ? Il faut interroger ces petites merdes. Regarde-les. Stop ! Taisez-vous !

Strega la saisit par le bras.

— Laisse tomber. Tu n'en tireras rien.

Leurs regards se croisèrent et Teresa comprit qu'il avait raison.

Ils quittèrent la pièce, suivis par les rires diaboliques.

Quand les agents reconduisirent les adolescents dans leurs cellules respectives, ils riaient encore.

25

Le vice-questeur Pierluigi Palamara était exagérément élégant pour un policier. C'est ce que pensa Livia Salerno quand elle l'invita à entrer dans son cabinet.

L'homme, la cinquantaine, s'installa après lui avoir serré la main. Il avait une poigne décidée et l'avait regardée droit dans les yeux quand il était entré, comme pour l'étudier. Il ne cachait pas sa condition de flic, qui transparaissait dans chacun de ses gestes et de ses regards.

— Alors ? Tout se passe bien ? demanda le vice-questeur avec son inflexion sicilienne légendaire.

On voyait qu'il avait l'habitude de poser les questions, mais encore plus d'obtenir des réponses rapides et précises.

— Il est encore tôt pour le dire, répondit la psychologue. Pourquoi me posez-vous la question ? Et pourquoi avoir fait le déplacement jusqu'ici ?

L'homme sourit et hocha la tête en regardant autour de lui.

— C'est ici que Strega se... *confesse* ? demanda-t-il en tournant un doigt en l'air.

Livia Salerno savait que Vito Strega était un homme qui comptait beaucoup d'ennemis. Pas seulement des criminels et des psychopathes qu'il avait arrêtés. Peut-être ses adversaires les plus redoutables se trouvaient-ils à l'intérieur de son propre service. Elle se demanda si l'homme qu'elle avait en face d'elle en faisait partie.

— Que voulez-vous, monsieur le vice-questeur ? demanda-t-elle sèchement.

Avec un geste assuré, le policier rajusta sa cravate.

— Ce que je vous ai demandé : savoir comment ça se passe. Il collabore ?

— Oui, il collabore.

— Bien, c'est déjà une avancée. Avec les deux autres qui vous ont précédée, il ne décrochait pas un mot. Et qu'en pensez-vous ? Il peut revenir ?

— Comme je viens de vous l'expliquer, il est trop tôt pour le dire.

— Trop tôt… répéta le policier. Laissez-moi vous expliquer un certain nombre de choses, madame. Le commissaire Strega a tué un homme, un collègue. Il en est sorti blanchi, comme vous le savez. Vous voulez savoir ce que j'en pense ? J'ai la vague idée qu'il l'a tué intentionnellement, mais qui suis-je pour m'opposer à la commission ? Personne. Est-ce que je peux démontrer mes accusations ? Non. Est-ce que je connais le mobile ? Absolument pas. Et vous savez quelle importance ça a pour moi, sur une échelle de un à dix ? Zéro… Et vous savez pourquoi ? (Il commença une énumération avec ses doigts.) Primo. Je dois faire tourner un commissariat qui risque de devoir fermer. Deuzio. J'ai besoin de lui. Ça fait quatre mois qu'il est parti, mais puisqu'il est suspendu pour raisons de santé, le ministère ne m'a envoyé aucun remplaçant. Je m'arrache les cheveux à essayer de boucher les trous laissés par Strega, et à Noël, les gens, vous le savez aussi bien que moi, deviennent dingues et se tuent allègrement les uns les autres. C'est la magie des fêtes. Tertio. Vito Strega est peut-être un policier difficile à gérer, mais c'est un homme honnête et juste, à sa manière, et il a des intuitions géniales. S'il a refroidi Di Giulio, il devait avoir ses raisons. Quarto. Iovine, le commissaire en chef qui assure l'intérim, me donne des orchites. Comme je vous l'ai dit, je me fous de savoir s'il a tué Di Giulio ou pas…

— Mais…

— Laissez-moi finir. Di Giulio et Strega n'ont jamais été des enfants de chœur. Ils me rendaient chèvre à flirter tout le temps avec la légalité. Mais ils engrangeaient des résultats. Ils élucidaient des affaires, des homicides. Ils équilibraient les comptes. Si au contraire mon bilan passe dans le rouge, comme en ce moment, il ne me reste plus qu'à fermer boutique. Et si je ferme boutique, si ce commissariat ferme, Dieu sait ce qui peut se passer.

— Qu'est-ce que vous cherchez à me dire, monsieur le vice-questeur ?

— J'essaie de vous dire de vous dépêcher. Si c'est non, c'est non. Le plus tôt vous me le dites, le plus tôt je peux refermer le dossier Strega et me faire envoyer un remplaçant. Mais si c'est oui, si vous pensez qu'il est prêt, ne me faites pas attendre. Ne tournez pas autour du pot avec votre bla-bla de psy, bien dormir, les cauchemars et tout le tralala, s'il vous plaît. Ce n'est pas un service que vous me rendrez à moi, mais à votre propre ville.

Livia Salerno éclata de rire, stupéfaite.

— Mais… Vous vous rendez compte de ce que vous me demandez ?

— Je vais essayer d'être plus clair, dit Palamara en se levant. C'est comme si j'étais l'entraîneur d'une équipe de foot, OK ? Pour l'instant, j'ai onze joueurs, mais je suis obligé d'en garder un sur le banc. Le meilleur, au passage. Il m'en reste dix qui sont fatigués, blessés et démoralisés. Et le score est loin d'être en notre faveur. Bien, souvenez-vous que chaque but qu'on encaisse, c'est un meurtre. Chaque fois qu'on en prend un, quelqu'un meurt.

Elle le dévisageait sans broncher.

— Nous encaissons but sur but, madame, et je n'ai aucune envie d'être relégué.

— Et donc ?

— Donc prenez une décision. Et grouillez-vous.

Il partit sans la saluer, la laissant sans voix.

26

La ville était noyée sous la pluie. Le temps de rejoindre l'entrée de l'immeuble depuis le parking, Vito Strega était trempé comme une soupe. Il ne semblait pas s'en soucier. Il avait encore en tête l'écho du rire des adolescents. Ses mains continuaient de trembler de rage et d'impuissance. Ce n'était certainement pas la pluie qui allait le déranger.

Dès qu'il entra chez lui, il vit Sofia qui venait à sa rencontre en miaulant, un comportement inhabituel, mais il la repoussa.

— Non. Ce n'est pas le jour, Sofia, dit-il en lançant son manteau dans un coin avant de se diriger vers la salle de bains.

Il se déshabilla pendant que la baignoire s'emplissait d'eau brûlante. Quand il y entra, il eut presque le souffle coupé tant elle était chaude. Il se laissa glisser dans l'eau, et toucha le fond avec sa tête, en apnée.

Il avait vu juste. Les adolescents n'avaient pas agi seuls. Quelqu'un les avait manipulés, leur avait donné des instructions. Mais qui ? Et surtout, combien y en avait-il encore, prêts à leur emboîter le pas ?

Ce n'est pas ton problème. Ils t'ont enlevé ton insigne, ils te traitent de tueur de flics, qu'ils se débrouillent, disait une partie de lui. Mais l'autre partie, la plus proche du cœur, lui disait que, au contraire, c'était son problème. Il devait faire quelque chose. Il devait aider Teresa à trouver le Marionnettiste et à l'arrêter. Et ils devaient le faire avant que la nouvelle se diffuse, avant que tous ces meurtres ne commencent à susciter trop de tapage. Car Vito ne savait pas encore qui était le manipulateur, mais il savait que c'était ce qu'il cherchait : de la visibilité et de l'émulation. Et si la "rébellion" s'étendait à d'autres adolescents, personne ne pourrait plus les arrêter.

Tandis qu'il était plongé dans ces réflexions, Sofia entra dans la salle de bains. Elle miaula, cherchant à attirer son attention, mais Vito ne l'entendit pas. La chatte sauta sur le lavabo et renversa un flacon de gel douche d'un coup de patte. Sans plus de résultat.

Frustrée, elle bondit par terre et l'ignora.

27

Le vice-questeur Palamara convoqua Maurizio Iovine et Teresa Brusca dans son bureau à une heure tardive. Il se fichait de savoir qu'ils n'étaient pas en service. Il leur avait ordonné de le rejoindre dans la demi-heure, pas de discussion.

Ils se tenaient à présent debout devant son bureau et son humeur massacrante.

— Bon, c'est quoi ce bordel ? commença-t-il en croisant les bras, sans les inviter à s'asseoir.

— C'est-à-dire, chef ? demanda Iovine.

— On se réveille, Iovine ! dit Palamara en claquant des doigts. Ces gamins, là, qu'est-ce qui leur prend ?

— Pas de quoi s'inquiéter, chef, on est justement…

— Non mais tu t'entends, Iovine ! Je ne dois pas m'inquiéter ? Quatre meurtres en trois jours, quatre morveux, et je ne dois pas m'inquiéter ? Faudrait voir à pas trop se foutre de ma gueule… Brusca, alors ? C'était quoi ce cirque à la prison ? Et qu'est-ce qui t'a pris de faire venir Strega ? Tu veux que le questeur me cloue les couilles sur le mur, c'est ça ?

— Non, répondit Teresa en rougissant.

— Alors ?

— Je crois qu'il y a quelque chose d'étrange.

— Mais est-ce que tu as résolu quoi que ce soit ?

— À première vue, il n'y a aucune connexion entre les victimes, ni entre les assassins. Cependant, je suis convaincue que cette connexion existe.

— Et tu veux bien avoir l'amabilité de me dire quelle est cette connexion, ou bien est-ce que je dois la trouver tout seul ?

— Je pense que quelqu'un les manipule. Je pense qu'il y a quelqu'un derrière tout ça.

— Ben tiens, ricana Iovine.

Palamara reporta son regard sur lui.

— Iovine, je t'ai sonné ?

— Je… Non.

— Alors rends-moi service et ferme ta grande gueule. Bon, Brusca. Il y a qui derrière tout ça ?

— Je ne sais pas, chef. C'est juste une idée, pour l'instant.

— Une idée de toi ou de Strega ?

— C'est Vito qui…

— Super, on demande l'aide d'un tueur de flics, maintenant, l'interrompit Iovine.

D'un grand geste, Palamara envoya valser au sol la moitié de son bureau.

— Mais Jésus Marie Joseph, Iovine, putain, qui t'a demandé de parler ! hurla-t-il en agitant les mains. Qui ?

Les deux policiers sursautèrent et se recroquevillèrent.

— Réponds !

— Personne, murmura le commissaire.

— Alors pourquoi tu parles ?

Les hurlements de Palamara avaient jeté un froid dans le bureau et semblaient avoir réduit toute la questure au silence : on n'y entendait plus le moindre bruit.

— Et donc, Brusca ? Qu'est-ce qu'il dit, Strega ? demanda le vice-questeur en se tournant vers elle.

— Lui aussi est convaincu que quelqu'un a manipulé les adolescents, mais c'est seulement une intuition, nous ne savons pas de qui il peut s'agir, nous n'avons aucun suspect, ni aucune piste.

— Peut-être le Père Noël, fit Iovine.

Cette fois Palamara ne hurla pas. Il toisa son subordonné de la tête aux pieds.

— Il y a des gens qui sont morts, Iovine. Toi, je ne sais pas, mais moi ça ne me fait pas rire du tout… Encore une blague comme ça, et je te mute à la cynophile. À ramasser la merde dans le chenil. Compris ?

Iovine acquiesça d'un air penaud.

Palamara souffla et caressa le bureau du bout des doigts.

— Franchement, Brusca, ça m'a tout l'air d'une connerie de téléfilm américain. Peut-être que ces gamins s'emmerdaient et que le hasard a voulu qu'ils pètent tous les plombs en même temps. En même temps, c'est vrai aussi que Strega ne raconte pas de connerie, d'habitude. Je ne peux pas me permettre d'allouer des ressources à ces dossiers, surtout que l'affaire est entendue. Nous avons des coupables, des preuves et des mobiles. Tiens, pourquoi ces enquêtes ne sont pas closes, d'ailleurs ?

— Je peux parler ? demanda Iovine en levant la main comme s'ils étaient à l'école.

— Seulement si tu nous épargnes tes couillonnades.

— J'avais demandé à Brusca de clore ces dossiers.

— Je n'en doutais pas une seconde. Alors, Brusca ?

— Je ne sais pas, chef. Je ne le sentais pas. Il y avait quelque chose qui clochait. Il me faut encore quelques jours. Peut-être que c'est juste une impression, mais je ne voudrais pas laisser en liberté quelqu'un qui…

— Trois jours. Toi, personne d'autre. Je ne peux pas t'affecter de personnel. Pas avec la moitié des habitants de la ville qui s'en donnent à cœur joie pour s'entre-tuer. Veille à faire les choses dans les règles, sainte Marie immaculée, et tiens-moi la presse à l'écart de toute cette histoire, sinon on va l'avoir dans l'os. Iovine, je compte sur toi pour la soutenir. On est tous dans la même équipe, ici.

— Oui, mais Strega… insista le commissaire.

— Dis à Vito qu'il reste à la maison et qu'il arrête de s'en mêler.

Teresa acquiesça pendant que Iovine souriait.

— J'espère vivement que tu te trompes, Brusca.

— Moi aussi, chef.

— Trois jours. Allez, foutez-moi le camp.

28

— Tu cherches à noyer tes démons dans l'alcool ? demanda Teresa en s'asseyant à côté de lui.

— Naaan, impossible. Ils ont appris à nager, dit Strega en vidant son verre d'absinthe, son alcool préféré.

Teresa rit et commanda un martini dry.

— Tu es trop musclé pour avoir l'air bohème. Tu devrais être plus émacié, ou bien arrêter une bonne fois pour toutes de boire ce poison.

— Un jour peut-être… Ça va mieux ? demanda-t-il en lui caressant le dos.

— Je ne sais pas. Non. Je crois que non. J'en ai encore des frissons.

— Moi aussi.

— Palamara m'a convoquée, avec Iovine.

Strega sourit.

— Le Palamara show, j'imagine. Il lui a passé une soufflante ?

— Je crois qu'il s'est pissé dessus.

Ils rirent, mais sans échanger un regard. Ils étaient encore troublés par la rencontre avec les adolescents. Ils se sentaient désarmés et impuissants. Et, en tant que policiers, ils avaient honte d'éprouver cette sensation.

— Et toi, qu'est-ce qu'il t'a dit ?

— Il m'a donné trois jours. Par contre, il a demandé que tu restes en dehors de tout ça.

— Tu lui as dit ce que tu pensais ?

— Oui. Il n'avait pas du tout l'air convaincu, mais il a dit de lever les doutes… Pourquoi tu étais si sûr que les gamins ne diraient rien ?

— Parce qu'il est clair que quelqu'un les a briefés sur l'attitude à adopter. Depuis leur arrestation, ils n'ont pas ouvert la bouche. C'est curieux, compte tenu de ce qu'ils ont fait, du stress, de l'agitation, mais surtout de leur âge. Non seulement quelqu'un les a poussés à l'action, mais il leur a aussi expliqué comment se comporter une fois qu'ils seraient arrêtés.

— Pourquoi ?

— Bonne question. Les raisons peuvent être multiples.

— Comment on le retrouve ? Tu crois que je dois employer la manière forte ? Je peux rameuter quelques collègues de la vieille école. Dix minutes de baffes, et ils cracheront le morceau.

Strega secoua la tête. Teresa observa son verre qui disparaissait littéralement entre ses mains.

— Mieux vaut éviter. Avec cette crise, personne ne veut risquer son poste. Aujourd'hui, il suffit que tu élèves la voix pour qu'on t'accuse de violences sur mineur. Donc imagine ce que ça va être avec l'armada d'assistants sociaux et d'avocats pour mineurs qui vont te tomber dessus.

— Alors quoi ?

— Eux, ils ne parleront pas, mais leurs parents, leurs amis, leurs proches si. Je suis quasiment sûr qu'aucun d'entre eux n'était au courant de ce qu'ils s'apprêtaient à faire. Mais ils ont bien dû laisser une trace, quelque chose…

— Je dois me mettre au travail tout de suite. Ça fait au moins une dizaine de personnes à interroger et je n'ai que trois jours.

— Oui, il faut faire vite.

Elle envoya un message à son mari pour le prévenir qu'elle ne rentrerait pas dormir.

— Tu es toujours convaincu qu'ils ne se connaissent pas, alors ? demanda Teresa en se tournant vers lui.

— Oui. Ils ne se connaissaient pas avant qu'on les mette ensemble dans cette pièce. Le seul lien entre eux, c'est la personne qui les utilise.

— Merde.

— Il y a autre chose, Teresa, dit Vito en s'emmitouflant dans son manteau.

— Dis-moi.

— Ces quatre-là ne sont que les premiers. Je pense qu'il en a instrumentalisé d'autres.

29

Tu as peur, hein ? Maintenant que tu es seul, tu n'es plus si courageux, hein ? Regarde-toi ramper par terre. C'est la batte qui t'intéresse ? Elle est belle, hein ? C'est une Gimer. Tu te moquais de moi parce que je suis lent et maladroit. Parce que je suis un gros lard, oui, n'aie pas peur de le dire, pour mes T-shirts XL, mes "nappes", comme tu disais, tu me traitais de larve à la récré. Mais qui est-ce qui rampe par terre, maintenant ? C'est qui la larve ? Arrête de les toucher, tu vois bien que je les ai cassées. Je suis peut-être un gros lard, mais j'ai de la force dans les bras, et ce joujou cogne sec. Tu m'as sous-estimé, et tu vas en payer les conséquences, tu vas payer pour toutes les insultes, toutes les blagues, toutes les humiliations… Tu vas payer de ton sang… Parce que tu n'es quand même pas naïf au point de penser que j'en ai fini avec toi ? Ah si ? Pauvre chou, désolé. Oups, tu es arrivé au mur, tu ne peux pas ramper plus loin. Qu'est-ce que tu dis ? Tout sauf la tête ? Elle est bien bonne. Vas-y, pleure, tu me donnes encore plus envie de continuer. Non, ne me supplie pas, c'est mon moment, à moi, rien qu'à moi… Embrasse mes chaussures… Voilà, comme ça, c'est bien… Je t'ai pardonné, tu dis ? Bien sûr que tu es pardonné, enfin. Maintenant, meurs, connard…

30

À UNE époque, elle l'appelait quand elle ne rentrait pas. Et en général, la conversation s'achevait par un "je t'aime" ou un "tu me manques". Maintenant, plus rien. Un texto laconique au maximum.

Raffaele Niro relut le message une fois de plus. À travers le pare-brise de la voiture, il regarda sa femme et Vito Strega sortir du bar bras dessus bras dessous.

Voilà comment elle passe ses soirées, pensa-t-il en retenant ses larmes. Des larmes de colère et d'humiliation. Des larmes distillées par les mensonges que Teresa lui administrait comme des antalgiques pour leur amour moribond.

Il les suivit du regard jusqu'à les voir entrer dans la voiture ridicule du policier. Il détacha son regard et mit le contact. Il en avait assez vu. Pas besoin de faire preuve d'une grande imagination pour deviner où ils allaient.

Raffaele fit demi-tour et roula jusqu'à leur appartement vide.

À mi-chemin, il dut s'arrêter. Il ne voyait rien, avec ses yeux embués.

31

Après avoir lavé la vaisselle, Livia Salerno se versa un verre de vin et s'attarda dans la cuisine, perdue dans ses pensées.

— Tu ne viens pas te coucher ? demanda son mari à la porte.

— Dans une minute, répondit-elle.

Son mari la connaissait bien. Il s'assit à table et l'observa.

— Qu'est-ce qu'il y a ? dit-elle, agacée.

— Il y a quelque chose qui te préoccupe. Ça fait deux nuits que tu n'arrives pas à dormir. Un patient ?

— Mais non.

— Allez, je te connais trop bien. C'est quoi, son problème ?

— Tu sais que je ne peux pas en parler.

— Arrête. Tu m'as toujours tout raconté sur tes énergumènes. Qu'est-ce qu'il a de particulier, celui-là ?

Livia dévisagea son mari en se demandant si elle devait s'ouvrir à lui ou non. Elle décida que oui.

— C'est un policier.

— Intéressant. Et qu'est-ce qui l'a poussé dans tes bras ? Métaphoriquement parlant, j'entends. Ou plutôt, j'espère.

Ils éclatèrent de rire.

— Ce n'est pas lui qui a choisi, c'est un ordre de ses supérieurs. Pour l'instant, il est suspendu. Je dois déterminer s'il est dans les bonnes conditions psychologiques pour une réintégration.

— Pourquoi ? Qu'est-ce qu'il a fait ? demanda son mari en se servant un verre à son tour.

— Il a tué un collègue.

— Ouah. Rien que ça. Pourquoi ?

— Une erreur tragique, apparemment.

— Tu penses que c'est autre chose ?

— Très franchement, je ne sais pas quoi penser, je n'arrive pas bien à le cerner, c'est un type fuyant. Ils ont essayé de le faire évaluer par deux autres consœurs avant moi, mais elles se sont désistées l'une après l'autre. Il ne parlait pas ou il se moquait d'elles, anticipant leurs questions… Un coriace, quoi.

— Ça ne t'a jamais posé de problème, si je ne m'abuse. Tu en as eu d'autres, des patients difficiles.

— En fait, ce n'est pas lui qui me tracasse.

— Qui, alors ?

— Un de ses supérieurs est venu au cabinet, ce soir. Il m'a tenu un drôle de discours.

— Quel genre ?

— Il dit que plein de gens risquent de mourir si on continue à le priver de son officier.

— C'est quoi, une sorte de chantage moral ?

— Je n'ai pas tout compris, pour être honnête, mais… ça se pourrait.

— Ce *patient* s'occupe de quoi, de meurtres ?

Livia acquiesça.

— Il est doué ?

— Très, apparemment.

— Et là-dedans, ça va comment ? demanda-t-il en tapotant un doigt sur sa tempe.

— Il est du genre à tout garder à l'intérieur, c'est difficile à dire.

— Tu n'arrives pas à le faire parler ?

— Il est diplômé en philo et en psycho, il connaît les règles du jeu. Il sait se barricader.

— Il m'a l'air intéressant, comme type.

— Il l'est.

— Je savais qu'il y avait anguille sous roche.

— Tu es bête, pas dans ce sens-là.

— Hmm… Alors, qu'est-ce que tu comptes faire avec lui ?

Livia Salerno termina son verre de vin et haussa les épaules.

— Je n'en ai pas la moindre idée.

32

Il l'avait attendu sur le pas de sa porte. Dans le noir. Quand sa victime avait allumé la lumière, le premier coup de batte était parti, et lui avait cassé le genou. Ensuite, il s'était acharné sur le deuxième genou, qui avait connu le même sort. Il l'avait regardé ramper avant de le battre à mort. Le légiste était encore coincé dans les embouteillages, mais ils n'avaient pas besoin de sa science pour comprendre ce qui s'était passé.

— Ils ne s'enfuient pas… dit Strega, presque dans un murmure, debout devant le corps recouvert d'un drap.

— Pardon ? demanda Teresa à côté de lui.

Quand on l'avait appelée pour la prévenir qu'un meurtre avait eu lieu, elle était encore avec Strega, et ils avaient décidé de se rendre ensemble sur la scène de crime, au risque de susciter la colère de leurs supérieurs.

— Ils ne s'enfuient jamais. En général, l'assassin éprouve de la culpabilité, ou de la peur face à son acte. Il tente par tous les moyens de s'échapper ou de rejeter la faute sur quelqu'un d'autre. Il est hanté par le désespoir et l'angoisse, et son premier réflexe est de fuir. Eux non, ils ne s'échappent jamais. Ils restent sur les lieux du crime.

Teresa regarda l'adolescent menotté derrière eux, entouré d'agents qui attendaient son signal pour l'emmener. Il avait quinze ans. Il était obèse et affichait un sourire glacial sur son visage maculé de sang. Il donnait la chair de poule.

— Pourquoi, d'après toi ?

— Parce qu'ils n'ont pas de remords et qu'ils n'ont pas peur des conséquences. Ce sont tous des mineurs sans casier. Qu'est-ce que tu veux qu'on leur fasse ? C'est ce qu'il leur a dit. De ne pas avoir peur, de rester sur le lieu du crime. De dire qui ils sont et ce qu'ils ont fait. Ils doivent en être fiers. Ils sont devenus des êtres supérieurs, ils ont donné la mort. Ils ont donné un sens à leur vie.

— Doux Jésus. Tu me fais peur, parfois.

— C'est de lui que tu devrais avoir peur. Il leur a lavé le cerveau, Teresa. C'est ça qu'il leur fait croire : qu'ils sont supérieurs.

— Pourquoi on ne lui pose pas la question ? proposa-t-elle.

Ils s'approchèrent du garçon, faisant signe aux agents de s'éloigner.

— Matteo, c'est ça ? Je suis l'inspectrice Teresa Brusca, et voici le commissaire Strega. Écoute, nous savons que l'idée ne venait pas de toi… dit-elle en désignant le corps par terre. On va t'emmener en prison, Matteo. Tu vas y passer des années. Quoi qu'on ait pu te dire, on t'a menti. Tu as tué une personne et tu seras puni. Un meurtre est un meurtre.

Le garçon leva la tête et fixa la policière. Son sourire s'élargit. Il la défiait.

Teresa fit un pas en avant.

— Je vais faire en sorte que ta vie soit un enfer, là-bas. Je vais demander que tu sois mis à l'isolement, tu sais ce que ça veut dire ?

— Oui, répondit le garçon sans une once d'hésitation.

— Dis-moi qui t'a persuadé de faire ça, et j'essaierai de t'aider.

Il lui rit au nez.

Cette fois, ce fut Strega qui fit un pas en avant. Le commissaire avait beau avoir les mains dans les poches, l'adolescent perçut comme une onde de violence, parce qu'il s'aplatit contre le mur.

— Ne t'inquiète pas, je ne vais rien te faire. Je veux seulement te demander une chose.

Matteo le dévisageait avec effroi.

— Pourquoi ? demanda Strega d'une voix calme.

Matteo lui jeta un regard perplexe.

— Pourquoi il vous pousse à le faire ? Tu peux au moins me dire ça ?

La perplexité s'accrut sur son visage.

— Ah pardon. Tu croyais être le seul ? Tu croyais qu'il ne l'avait demandé qu'à toi ?

— Qu'est-ce que… Il n'y a que moi…

— Non, il n'y a pas que toi, Matteo, sourit Strega. Tu es le cinquième. Il y a eu d'autres jeunes avant toi. Tu croyais être son chouchou, tu croyais qu'il ne *s'occupait* que de toi ? Eh non. Tu n'es qu'un parmi tant d'autres, parce qu'il y en a encore d'autres qui s'apprêtent à faire pareil. À ses yeux, tu n'as rien de spécial, tu sais ? Tu te fonds dans la masse, continua Strega sans détacher ses yeux des siens.

Teresa vit le garçon craquer. Il avait la bave aux lèvres. Il battait des paupières, incrédule.

— Tu mens.

— Pas du tout, dit-elle.

— C'est quelqu'un d'autre qui t'a menti, Matteo. Il t'a utilisé, c'est tout. Et je suis désolé de te le dire, mais il t'a déjà oublié, continua Strega.

— Non ! Menteur ! Non ! se mit à hurler le garçon.

— Emmenez-le, dit Teresa.

Les policiers l'escortèrent hors de l'immeuble, en proie à des hurlements désespérés.

— Ouah… Tu y étais presque, Vito.

— Non, il ne m'aurait jamais donné son nom. Peut-être qu'il ne le connaît même pas.

— Et si on les montait tous les uns contre les autres, tu crois qu'on arriverait à les faire parler ?

— Non. Lui, c'était le plus faible. Les autres nous ont ri au nez. Celui qui les manœuvre est comme un père pour eux. Personne ne trahit son propre père. Il est clair qu'ils finiront par parler un jour ou l'autre, leur confiance en lui finira par se fissurer et ils cracheront le morceau, mais pendant ce temps les autres vont continuer à tuer. On ne peut pas attendre.

— Mais qu'est-ce que c'est que ce fumier ? Pourquoi il utilise des gamins pour tuer ? Il n'a pas le cran de le faire tout seul ?

— Je ne crois pas que ce soit la raison pour laquelle il les utilise.

— C'est quoi alors ? Une vengeance ?

— C'est possible, mais je ne crois pas. Tu dois t'armer de patience et aller vérifier s'il n'y a pas un point commun entre les victimes, histoire de lever les doutes. Mais je ne pense pas que la vengeance soit le mobile. C'est sûrement celui de ces gamins, mais il faut arrêter de voir ça comme des meurtres isolés, et commencer à les considérer comme une œuvre collective.

Teresa souffla.

— OK. Qu'est-ce qui te fait penser que c'est un homme ?

— Je ne sais pas, une sensation… Ici, ça va devenir l'enfer, entre les journalistes et les collègues. Il vaut mieux que je rentre chez moi.

Teresa acquiesça et le regarda descendre les marches et s'éloigner, la laissant seule face à ce cauchemar.

33

C'ÉTAIT le troisième soir d'affilée qu'elle venait manger là. Qu'elle venait boire, surtout.

Elle restait au moins deux ou trois heures, comme si elle attendait quelqu'un. Elle enchaînait les martini pour patienter. Mais ce quelqu'un n'était pas encore venu. Et vu l'heure, les serveurs savaient qu'il ne viendrait pas ce soir non plus.

Quelques clients avaient essayé d'aborder cette belle femme blonde, à l'allure soignée et au regard malicieux, mais ils s'étaient cassé les dents. Elle n'avait pas sa langue dans sa poche, et ne voulait pas être dérangée.

Son portable vibrait régulièrement, mais elle l'ignorait. Sa seule distraction était de sortir une photo et de la regarder pendant des heures. Prétextant qu'ils devaient débarrasser son verre, les serveurs y avaient jeté un œil. C'était une vieille photo d'un enfant de huit ou neuf ans, à la mer. Il portait un slip bleu ciel et avait un regard triste. Les théories allaient bon train entre les serveurs et le propriétaire des lieux. Fils, petit frère, amoureux… Cette femme mystérieuse et sa solitude avaient titillé leur imagination.

Quand elle se rendit à l'évidence qu'*il* ne viendrait pas ce soir, elle se leva et enfila son manteau, prête à partir.

Un des serveurs la salua en disant :

— À demain, madame.

Elle sourit et secoua la tête :

— Non, fini d'attendre. Parfois, il faut savoir prendre les devants.

Le serveur afficha un sourire de circonstance, mais sa voix et son regard lui avaient donné la chair de poule. Il la regarda s'éloigner, sachant qu'il ne la reverrait jamais.

34

Il lui avait menti. Il n'avait aucune intention de rentrer chez lui. Ça aurait été la chose la plus intelligente à faire, mais pas la plus juste.

Teresa était une bonne policière, mais elle avait les mains liées par le Code de procédure pénale. Pas lui. Il savait que ce qu'il s'apprêtait à faire risquait de compromettre définitivement sa réintégration, mais il sentait que s'il n'agissait pas très vite, d'autres personnes risquaient de mourir.

La porte s'ouvrit et une femme d'environ quarante-cinq ans leva la tête vers lui. Elle avait le regard d'une bête effarouchée, transbahutée d'un zoo à l'autre. Les barreaux de sa cage étaient la peur et l'hébétude. C'était la mère de Michela, la jeune fille qui avait poignardé sa rivale, ouvrant la série de meurtres.

— Je suis le commissaire Strega, madame. Je suis vraiment désolé pour l'heure, dit-il en montrant son insigne.

— Qu'est-ce… Qu'est-ce que je peux faire pour vous ? demanda-t-elle.

— J'ai besoin de vous poser quelques questions en urgence, madame.

— Encore ? Qu'est-ce que vous voulez savoir d'autre ? Qu'est-ce que je peux vous dire de plus ? Quoi que je vous raconte, la situation ne changera pas. Je suis… Je suis fatiguée.

Strega acquiesça, compréhensif.

— Vous avez raison, vous ne pouvez pas changer ce qui s'est passé. Mais vous êtes dévorée par la honte de ce qu'a fait Michela, n'est-ce pas ? Vous ne vous l'expliquez pas, vous vous sentez peut-être même responsable de ce qui s'est passé. Il ne faut pas, madame. Vous n'avez rien à vous reprocher. Et je suis ici parce que… je crois que Michela non plus n'est pas entièrement coupable de ce qu'elle a fait.

Les yeux de la mère s'illuminèrent d'une lueur de curiosité et d'espoir.

— C'est-à-dire ?

— Je crois que votre fille a été manipulée, madame. Je crois que quelqu'un l'a convaincue de faire ce qu'elle a fait. Un adulte… Votre fille n'est pas un monstre. Mais c'est un monstre qui l'a convaincue de le faire…

La femme hésita quelques secondes.

Puis elle ouvrit la porte et l'invita à entrer.

35

On aurait dit un tableau. Elle en robe de chambre légère, de dos, le regard perdu à travers la baie vitrée, une cigarette entre les doigts. Lui sur le canapé, les mains croisées. Lumières tamisées. Son reflet à elle sur le verre. Solitude…

— J'ai oublié de vous demander si vous vouliez boire quelque chose, demanda-t-elle sans se tourner.

— Non, merci.

Il était fatigué. Il lui avait posé des questions pendant une bonne heure, sans aucun résultat. La vie de Michela était ordinaire, comme celle de milliers de jeunes filles de son âge. Des parents séparés, l'école, le volley-ball, les copines et une passion pour un garçon qu'une autre essayait de lui piquer. Elle savait que Teresa avait vérifié le profil de tous les adultes qui auraient pu l'influencer d'une manière ou d'une autre, mais aucun n'avait d'antécédents ni de lien avec les autres meurtriers. Comment le mal avait-il germé en elle, alors, se demandait le commissaire, ou qui l'avait fait germer en elle ?

— Ça vous dérange si je jette un œil à sa chambre ?

— Je vous en prie.

Strega se leva.

— Dernière porte à droite au fond du couloir.

Strega s'apprêtait à y aller quand elle déclara, la voix brisée par les pleurs :

— C'est le premier Noël qu'on va passer séparées, ça n'était jamais arrivé.

— Je suis désolé, madame. Je suis vraiment désolé, croyez-moi.

— Vous pensez réellement que quelqu'un l'a manipulée, ma petite ?

Le commissaire soupira.

— Oui, madame. Je le pense vraiment, dit-il en tournant ses mains dans ses poches.

— Et si vous réussissez à le trouver, est-ce que la situation pourrait changer pour elle ?

On aurait dit que c'était la fumée de sa cigarette qui s'exprimait, enveloppant son visage mince.

— Oui, sa situation judiciaire serait différente. Elle resterait coupable, mais elle aurait certainement des circonstances atténuantes.

La femme se tourna et le fixa de ses yeux brillants.

— Alors trouvez-le, s'il vous plaît.

Strega acquiesça et se dirigea vers la chambre de Michela.

36

À UNE époque, tout était plus facile. Peu importaient les monstruosités dont il était témoin, les assassins dont il croisait la route, les horreurs qu'il affrontait, elle était là quand il rentrait le soir, et tout s'évaporait. Elle seule avait ce pouvoir. Elle seule réussissait à éloigner les fantômes de son travail.

Maintenant qu'elle n'était plus là, sa vie, et son cerveau plus encore, étaient sens dessus dessous. Il avait l'impression d'entendre dans sa tête le chant des innocents. Les victimes se succédaient dans ce chœur tragique, le tourmentaient avec leurs accusations et leurs récriminations. Et il était impossible de les faire taire.

Vito coupa le contact de la Mini. Sa visite chez Michela ne l'avait pas plus avancé. Il n'avait rien trouvé de particulier dans sa chambre. Peu de livres, mais d'innombrables jeux vidéo sur lesquels, à en croire sa mère, elle passait des soirées entières. Pas de journal intime, pas la moindre référence à quelqu'un qui aurait pu la pousser sur la voie du meurtre. Il avait jeté un œil à son ordinateur, il était même entré sur son profil Facebook, mais rien de ce côté-là non plus. Le néant.

Et désormais les victimes dans sa tête chantaient plus fort, et le rendaient fou.

Vito Strega descendit de voiture et sonna à l'interphone. Il était très tard, ce qui n'allait pas arranger les choses. Mais il ne pouvait pas faire autrement.

Une minute plus tard, la porte s'ouvrit. L'autre le vit et essaya de la refermer, mais Vito la bloqua d'une main.

— Non, j'ai besoin de lui parler… Juste une minute, dit-il.

Stefano Pelizzari, le nouveau compagnon de sa femme, plissa les yeux.

— Tu es dingue. Dégage d'ici. Elle ne veut plus te voir, tu comprends ça ?

— Je ne veux pas faire d'histoires, j'ai juste besoin de lui parler, s'il te plaît.

— Non ! Cette fois, je te fais coffrer, Vito. Dégage.

— Comme tu voudras, dit Strega.

Avec la main qui tenait la porte ouverte, il le fit valser et le projeta le cul par terre. Puis il entra dans ce qui avait été sa maison.

— Cinzia ? appela-t-il.

— Tu es dingue ! Cinzia, enferme-toi dans la chambre ! hurla Stefano en se relevant.

— Arrête ton char, toi. Cinzia, viens. J'ai juste besoin d'une minute.

— Tu es bourré ou quoi ? Je t'ai dit de dégager !

Strega se tourna vers l'homme. Il le toisa. Stefano faisait bien quinze centimètres et trente kilos de moins que lui. Il recula, effrayé par sa stature.

— Ne t'avise pas de me toucher, murmura Strega. Cinzia, s'il te plaît !

Il la vit descendre les escaliers son portable à la main. Même la peur ne parvenait pas à altérer sa beauté.

— Vito, je suis en train d'appeler la police, dit-elle. Va-t'en. Ne me force pas à recommencer, s'il te plaît.

— Mais qu'est-ce qui vous prend, à tous les deux ? Je veux seulement te parler.

— Vito, sors d'ici, s'il te plaît…

— Vas-y. Dégage, dit Stefano.

Vito remarqua qu'il serrait dans sa main un gros couteau de cuisine. Ses mains tremblaient et son visage était tout rouge.

— Mais… Il plaisante, pas vrai ? demanda Strega en se tournant vers sa femme. Baisse ce couteau, imbécile.

— Stefano, pose ce couteau, bon sang ! cria la femme. Et toi, Vito, va-t'en. Dégage !

Il les regarda l'un après l'autre, et il comprit qu'ils étaient terrorisés. Ce n'était pas ce qu'il souhaitait. Il voulait juste parler, pas semer la panique. Une minute, il ne demandait rien de plus.

— OK, OK, dit-il en levant les mains. Je n'aurais pas dû entrer, c'est vrai, mais je ne veux pas faire de scène, Cinzia. Je veux seulement te parler, d'accord ? Regarde, je sors, je t'attends dans la rue, sur le trottoir. Une minute… Je te demande seulement une minute, nom de Dieu.

— Sors, Vito, l'implora-t-elle.

Il sortit et Stefano se précipita pour fermer à clé.

— Merde, soupira Strega.

Il s'adossa à la Mini, faisant gémir la suspension. Il se massa le cou et la nuque en se traitant d'idiot.

Il resta là à respirer l'air glacial de la nuit et à tenter de faire taire les voix en lui pendant quelques minutes. Puis la porte de son ancienne maison s'ouvrit et Cinzia en sortit, cigarettes et briquet en main, emmitouflée dans un poncho de laine.

Il lui sourit.

— Tu es magnifique.

— Tu es fou, Vito. Tu as jusqu'au bout du trottoir, dit-elle en allumant une cigarette.

— Depuis quand tu as repris ? demanda-t-il. Quand on était encore ensemble, tu avais arrêté.

— Ça ne te regarde pas. Jusqu'à la fin du trottoir, après tu t'en vas.

— OK, OK, dit-il en jetant un œil à Stefano qui lui lançait des éclairs de haine depuis le seuil. Ton mec est barge. Il voulait faire quoi, me planter ?

— Tu aurais fait pareil, si quelqu'un s'était comporté comme tu viens de le faire.

— Il faut vraiment qu'il y ait toute cette tension entre nous ? Après tout ce qui s'est…

— Bon alors ? Qu'est-ce qu'il y a ? Tu ne peux pas débarquer chez moi comme ça, tu comprends ? Le passé n'a rien à voir là-dedans. Tu ne peux pas faire ça, bordel, tu ne peux pas.

— Je sais, mais j'avais besoin de te voir.

— Vito, c'est fini entre nous, bon Dieu, qu'est-ce que tu veux, encore ?

— Je ne sais pas… Je… Je ne sais pas, dit-il en marchant à ses côtés.

— Tu dois arrêter. Tu dois te faire une raison.

— Mais pourquoi ? Je peux savoir pourquoi ? OK, tu m'as trompé, j'ai dérapé, c'est vrai, mais je t'ai pardonnée. Pourquoi cette séparation, pourquoi cette espèce de… de bellâtre ?

— Je pensais que tu étais venu ici pour te comporter en adulte. S'il te plaît…

— Je t'aime, Cinzia. Qu'est-ce que j'y peux ? Qu'est-ce que je dois faire, dis-moi ?

Le trottoir s'arrêtait là. Pour la première fois, ils se regardèrent dans les yeux.

— C'est fini, Vito. Je suis désolée. Il n'y a rien qu'on puisse faire.

— Je…

Les gyrophares du véhicule de police coupèrent court à leur échange. Deux policiers descendirent du véhicule avec leur matraque.

— C'est lui ! dit Stefano dans leur dos.

— Éloignez-vous de la dame, ordonna un des deux agents. Tout de suite.

Strega eut un sourire peiné.

— Ah, c'était un piège… C'est lui qui les a appelés, ou c'est toi ?

— Je vous ai dit de vous éloigner de la dame, dernier avertissement, répéta l'agent.

On voyait qu'il était effrayé par la stature de Strega, et que ça le rendait nerveux.

— Alors ? C'est toi ?

— Vito…

— Je vous ai dit de vous éloigner !

Strega sortit son insigne.

— Foutez-moi la paix, je suis de la police.

Le premier coup de matraque le toucha au quadriceps droit, le projetant au sol. Le deuxième, aux épaules, le fit se cambrer et hurler de douleur.

Cinzia Purgatori courut chez elle, dans les bras de son compagnon, les yeux embués de larmes.

Les deux policiers menottèrent Strega et le poussèrent sans ménagement dans leur véhicule, sourds à ses remontrances.

Un des deux ramassa son insigne par terre et y jeta un œil.

— Il n'a pas menti, il est flic. Commissaire, dit-il à l'autre.

— Je le connais, il a été suspendu. C'est lui qui a tué un collègue. En ce qui me concerne, il n'est plus flic. Rien à foutre.

Les agents démarrèrent et l'embarquèrent. Strega observa son ancien immeuble, espérant apercevoir Cinzia à la porte et croiser son regard.

Elle n'y était pas.

Elle l'avait trompé.

Elle l'avait fait arrêter.

C'était fini.

37

Il entendit les hurlements du vice-questeur qui ébranlaient les murs. Strega sourit et se prépara à la soufflante.

Palamara ouvrit la porte avec fracas, la faisant rebondir contre le mur.

— Te voilà, commissaire de mes deux. Il ne manquait que toi, Strega, pour me pourrir la vie. Que toi, putain, dit-il en s'asseyant et en allumant une cigarette. Vous deux, dehors.

Les agents qui avaient arrêté Strega s'éclipsèrent.

— Sérieusement ? dit Vito en lui montrant les menottes à ses poignets.

— Ici personne ne prend de risque avec une armoire à glace comme toi. Si tu pars en vrille, avec tes mains comme des raquettes, on se retrouve avec un mort sur les bras. Et tu comprends, après Di Giulio, personne n'a envie d'être le prochain sur la liste. Bon, j'espère au moins qu'elle t'a taillé une pipe, que ça en valait la peine. Tu as consommé ?

Il n'aurait laissé personne d'autre lui parler ainsi. Mais Palamara était différent. Il ne l'insultait pas, il le taquinait.

— Qui les a appelés ? l'ignora Strega.

— Putain de bordel à queue, Strega, qui veux-tu que ce soit ? Ma grand-mère ?

— Et maintenant ?

— Tu as une injonction d'éloignement du juge. À ton avis, qu'est-ce qui va se passer ?

— Elle a porté plainte officiellement ?

— Tu le mériterais.

Ils se regardèrent en chiens de faïence.

— Je voulais simplement parler.

Palamara secoua la tête.

— Moi je dis qu'il y a une raison pour laquelle on t'a envoyé chez la psy, tu sais ? Il y a quelque chose qui cloche chez toi. Ici tout le monde te déteste, et toi, comme ça, pour remonter dans leur estime, pour te racheter, tu as la brillante idée de te faire arrêter pour harcèlement. Bravo, félicitations, tu es le roi des cons, Strega.

— Je pense qu'il y a quelqu'un, quelque part, qui manipule ces gamins. Et je pense qu'ils vont encore tuer.

— Où tu veux en venir ?

— On oublie cette histoire, et je vous retrouve la personne qui tire les ficelles.

Palamara étouffa un éclat de rire.

— C'est toi qui tires sur la ficelle, Strega. Tu veux qu'on se fasse désosser par le questeur à tour de rôle, c'est ça ?

— Il ne s'arrêtera pas, chef. C'est à nous de l'arrêter.

— Donc tu n'écoutes vraiment rien, en fait ? Celui qui ne s'arrêtera pas, c'est le questeur, il va nous ouvrir le cul en deux à tous les deux.

— Non, vous, écoutez-moi : les meurtres sont liés et…

— Pitone ! appela le vice-questeur.

L'agent entra dans la pièce.

— Oui, chef?

— Enlève les menottes à ce crétin, dit Palamara.

L'agent s'exécuta.

— Dehors, Pitone. Et ferme la porte, s'il te plaît. Au fait : ce soir, vous avez simplement accompagné monsieur Strega à la questure, compris ?

— Oui, chef.

— Bien, file.

L'agent obéit, non sans lancer un regard de haine à Strega.

— Merci, chef, dit celui-ci.

— Maintenant écoute-moi bien, Strega, et quand je dis bien, je veux que tous tes neurones s'arrêtent pour prendre des notes, OK ? C'est la dernière fois que je te couvre. Il y a trois choses que tu dois oublier. La première, c'est ta femme. C'est terminé, bordel, fais-toi une raison. La deuxième, c'est ces enfants tueurs de merde, là. La troisième, c'est que tu es policier. Tu ne l'es plus. Toi, à l'instant T, tu n'es qu'un civil comme un autre. Et dorénavant, moi et tous les autres, on te considérera comme tel. Alors stop avec tes conneries d'inspecteur Colombo. Ce Marionnettiste, comme tu dis ? S'il existe vraiment, et je dis bien si, c'est nous qui nous en occuperons. Toi, rentre chez toi, inscris-toi à un atelier couture, fais ce qui te chante, tant que tu restes à l'écart de la questure. Et j'espère vivement que ta femme ne va pas porter plainte, sinon t'es dans un beau merdier. Je me suis bien fait comprendre ?

— Oui, chef.

— Bien. Si je te revois ici, je te mets la misère. Allez, dégage.

Strega se leva et s'apprêta à partir.

— Et ça, je le garde pour l'instant, dit Palamara en agitant son insigne.

Merde, pensa Strega en s'en allant.

38

Il vit qu'elle allait parler et l'interrompit aussitôt.

— Ne dis rien, s'il te plaît.

Teresa le dévisagea en secouant la tête. Elle haussa les épaules et lui tendit les clés de la Mini.

— Merci de me l'avoir rapportée.

— J'avais peur que tu te serves de l'excuse de la voiture pour retourner chez elle.

— Je ne l'aurais pas fait, tu le sais.

— Non, je ne le sais pas, je ne sais plus ce que tu es capable ou non de faire, Vito.

— Je voulais simplement parler, Teresa.

Elle lui caressa la joue.

— Rentre chez toi et essaie de dormir.

— Ne me regarde pas avec ces yeux-là toi aussi, nom de Dieu.

— Pourquoi, je te regarde comment ?

— Comme on regarde un fou.

Elle ne dit rien.

Il se serra dans son manteau et s'en alla sans rien ajouter.

39

Il avait essayé de s'endormir, mais en vain. Trop de pensées. Trop de griefs. Et cette satanée douleur à la jambe droite où ils l'avaient frappé.

Il était sur le toit de son immeuble et regardait la ville dormir, bercée par le clair de lune.

Il se sentait coupable et impuissant. Dans les yeux de Teresa, il avait lu qu'elle n'était pas loin de l'abandonner, elle aussi. Personne ne lui faisait plus confiance. Ni sa femme, ni Palamara, et voilà que sa partenaire et amie de toujours rejoignait leurs rangs.

Il entendit un bruit et se tourna. Sofia, en équilibre sur la balustrade, s'approcha, il la prit dans ses bras et frotta son menton contre sa tête minuscule.

— Il ne me reste que toi, petite. Ou bien est-ce que tu vas m'abandonner, toi aussi ?

La chatte écarquilla ses grands yeux verts et se lova contre sa poitrine. Elle n'était pas à lui. Il l'avait simplement trouvée chez lui un jour, et elle n'était plus repartie. Il savait qu'un jour il se réveillerait et qu'elle ne serait plus là. Il espérait simplement que ce jour arriverait le plus tard possible.

Son portable se mit à vibrer, effrayant Sofia qui se dégagea de son étreinte et s'enfuit dans la nuit.

Appel masqué.

— Allô ? répondit-il.

Personne ne parla au bout du fil. Mais Vito entendait une respiration ample et profonde.

— Oui ? Qui est à l'appareil ?

Toujours rien.

— Qui es-tu ?

Il continua d'écouter le silence et la respiration.

— Dis-moi qui tu es.

Rien.

— Je vais raccrocher.

Fatigué de ce petit jeu, le commissaire raccrocha. Au cours de la nuit, il reçut plusieurs nouveaux appels. Tous masqués, jamais un mot de prononcé. Il finit par éteindre son portable, trop fatigué pour découvrir qui pouvait bien le contacter.

40

Il avait une demi-heure de retard. Il était clair qu'il avait oublié le rendez-vous et qu'il ne viendrait pas. Elle avait tenté de l'appeler plusieurs fois, mais son portable était coupé.

Livia Salerno ouvrit le dossier sur Strega et chercha les informations relatives à sa femme : Cinzia Purgatori, avocate au civil. Elle tapa son nom dans Google et trouva un cabinet en centre-ville. Vingt secondes plus tard, elle avait le numéro.

Ce n'était pas très professionnel, mais ça ne l'était pas non plus de manquer un rendez-vous sans prévenir. Pas plus que de débouler dans son cabinet comme l'avait fait le supérieur de Strega la veille au soir.

À chaque but qu'on encaisse, quelqu'un meurt…

Cette phrase l'avait empêchée de dormir.

Si le vice-questeur avait voulu la faire culpabiliser, eh bien, il y était parvenu. Elle voulait conclure le plus vite possible son expertise sur Vito Strega, et laisser derrière elle les meurtres et la culpabilité qui allait avec. Et s'il ne voulait pas se confier, elle décida que c'était à elle de forcer les choses, et d'aller chercher par elle-même les informations dont elle avait besoin.

Elle appela le cabinet de Maître Purgatori et prit un rendez-vous urgent pour l'heure suivante. Elle enfila son manteau et annula ses autres engagements. Elle ne voulait en aucun cas arriver en retard.

41

— Je m'étais résignée à l'idée que tu m'avais oubliée, dit la vieille dame en lui servant un café.

— Jamais de la vie, se récria Strega.

Ils ne se connaissaient que depuis quatre mois, depuis qu'il avait emménagé dans ce vieil immeuble, mais il avait l'impression de la connaître depuis toujours. Grand-mère Ada, comme l'appelait Jessica. C'était elle qui s'occupait de la jeune fille. Et c'était étrange de le dire, mais en un sens, elle s'occupait aussi de Vito, cuisinant pour lui, bavardant avec lui, le menaçant de ne plus lui adresser la parole s'il ne la laissait pas repasser ses chemises, et jouant souvent aux échecs avec lui, comme en ce moment. Vito se considérait comme un joueur correct, mais pendant ces quatre mois il n'avait jamais réussi à la battre. Ada était d'une intelligence redoutable. Mais ce qui lui plaisait chez elle, ce n'était pas seulement son esprit de compétition toujours respectueux, ni son café, le meilleur qu'il ait jamais bu, mais bien le plaisir intellectuel de parler avec une femme vive et brillante, qui ne faisait pas du tout son âge.

— Et la petite, tu l'as vue, elle, au moins ? demanda Ada en déplaçant un pion pour ouvrir le jeu.

La petite… Jessica avait quatorze ans, et elle restait "la petite" à ses yeux. Vito avait essayé de lui faire la remarque un jour et avait récolté un regard assassin. À bien y penser, grand-mère Ada était la seule personne à le mettre en situation d'infériorité physique : devant elle, il se sentait comme un enfant.

— Oui, il y a deux soirs de ça, je crois, sur le toit.

Ada sourit.

— Elle croit encore que je ne me suis pas rendu compte qu'elle monte là-haut pour fumer ?

— Laisse-la le croire, de toute façon ni toi ni moi ne la ferons arrêter, répondit Vito, jouant à son tour. Tout le monde a besoin d'avoir ses petits secrets.

— Toi, comment vas-tu ? dit-elle en déplaçant un pion d'un air distrait.

— Pas bien.

— Tu manges ?

— Ce n'est pas ça, le problème.

— Réponds à ma question. Tu manges ?

— Peu et mal, comme tu dis, répondit-il en se défendant sur l'échiquier.

— Je le savais ! J'ai des cannelloni au pesto au four, tu les emporteras en partant, je ne veux rien savoir.

— Merci, grand-mère.

— C'est normal. Qu'est-ce qui t'a coupé l'appétit ? demanda-t-elle en déplaçant un cavalier. Le travail ou l'amour ?

— Je ne sais pas par où commencer.

En trois coups, elle l'avait déjà mis en difficulté.

— Avec cette psychologue, comment ça se passe ?

— Je n'aime pas sa façon de s'immiscer dans ma vie.

— C'est une psy, à quoi t'attendais-tu ? Et puis tu es quelqu'un qui aime poser les questions, pas y répondre.

— Pas faux.

— J'ai croisé ta collègue dans l'escalier, l'autre matin, Teresa. Elle a dormi chez toi ?

— Tu ne vas pas t'y mettre toi aussi, quand même.

Ada sourit et but une gorgée de thé. Elle avait ce que Vito appelait un don empoisonné : elle faisait le meilleur café du monde, mais elle n'aimait pas ça. L'ironie de la vie.

— Cette femme est amoureuse de toi, tu le sais ?

— Elle est mariée, Ada, elle est amoureuse de son mari.

— Tu es naïf, si tu crois vraiment ça. Gare à ne pas lui briser le cœur. Et puis, elle devrait maigrir un peu, si elle veut vraiment te mettre le grappin dessus.

— Mais enfin, tu vas arrêter ? Je n'arrive pas à me concentrer.

— Pourquoi, tu crois que ça changerait quelque chose ?

Vito joua, et elle lui mangea un cavalier.

— CQFD, soupira-t-il.

— J'ai lu dans le journal l'histoire de ces meurtres étranges, tous des jeunes de l'âge de Jessica. Ils sont liés, n'est-ce pas ?

— Pourquoi penses-tu que j'en sais quelque chose ?

— Parce que pour la première fois depuis qu'on se connaît, je vois une lueur dans tes yeux, un mélange d'excitation et de peur. Ça signifie que tu t'es remis au travail…

— Je suis suspendu, dit-il en envoyant un pion en éclaireur.

— Pour travailler sur une affaire, il n'est pas nécessaire d'avoir un insigne, je me trompe ?

Ils se dévisagèrent. Il détestait lui donner raison.

— Non, tu ne te trompes pas. Bref, je ne travaille pas sur ce dossier. Teresa m'a simplement demandé mon avis, et je le lui ai donné, fin de l'histoire.

— Ben voyons.

Elle joua, et le pion de Vito s'en alla tenir compagnie à son homologue, au bord de l'échiquier.

— Ils sont liés, ou pas ?

— Je pense que oui, mais on n'arrive pas à trouver le lien. C'est sûrement une personne, mais je n'arrive pas à comprendre qui et comment la retrouver.

— Tu as dit "je n'arrive pas". Tu es dedans jusqu'au cou, Vito. Allez, raconte-moi.

Vito secoua la tête et la mit au courant des meurtres et de son implication dans le dossier. Il évoqua également les menaces de Palamara, mais il jeta un voile pudique sur Cinzia, son arrestation et les coups de fil nocturnes. Il ne voulait pas qu'elle se fasse du souci.

— Doux Jésus, soupira-t-elle quand il eut achevé son compte rendu. Et tes supérieurs ? Comment peuvent-ils faire comme si de rien n'était ?

— Ils n'ont pas assez de personnel, ils ne veulent même pas penser à une possibilité de ce genre. Ça les mettrait tous sur les rotules.

— Et toi, qu'est-ce que tu as l'intention de faire ?

— Il n'y a pas grand-chose que je puisse faire, même si je voulais, sans insigne et sans l'autorité de la loi.

— Et Teresa ?

— Si je m'en mêle, elle risque d'avoir des ennuis à cause de moi. Je ne veux pas que ça se produise.

Tandis qu'ils parlaient, les pions de Vito tombaient comme sous les coups d'un tireur d'élite. Ce n'était pas une partie d'échecs, mais un bain de sang.

— Et alors, qu'est-ce que tu comptes faire ? Ignorer la situation ?

— Non, et tu le sais. Je dois juste comprendre comment le trouver.

— Échec, dit-elle, et tandis qu'il tentait de se dégager de son étreinte, Ada continua de réfléchir à l'affaire.

Vito tenta une contre-attaque, mais une seconde plus tard, il comprit qu'il était tombé dans un nouveau piège.

— Échec et mat, dit grand-mère Ada.

— Zut !

— Range l'échiquier, petit. Peut-être que je sais comment te remettre en piste, conclut-elle avec le sourire.

42

— Donc si je comprends bien, vous n'êtes pas une cliente ? Vous n'êtes pas là pour une consultation ?

Livia Salerno secoua la tête.

— Non, désolée.

Cinzia Purgatori la dévisagea quelques secondes d'un air perplexe, puis elle éclata de rire.

— Je n'y crois pas... Vito, n'est-ce pas ?

— Oui.

— Qu'est-ce qu'il veut, encore ?

Livia se présenta et lui expliqua la raison de sa présence.

— Une psychologue... Mon Dieu, si seulement il avait fait ça plus tôt.

— Ce n'est pas lui qui a pris cette décision. Ce sont ses supérieurs qui l'ont forcé. Ils m'ont demandé de déterminer s'il était prêt ou non à être réintégré.

— Et laissez-moi deviner, il ne se présente pas aux rendez-vous, c'est ça ?

Livia haussa les épaules.

— Qu'est-ce que je viens faire là-dedans ? Qu'est-ce que je peux faire ? Nous ne sommes plus ensemble, il vous l'a dit, ça, au moins ?

— Oui, mais votre mari…

— Ex-mari.

— D'accord. Le commissaire Strega est un homme très particulier, très…

— Compliqué.

— Exactement. Je crois qu'il souffre énormément de votre séparation, et je pense qu'une grande partie de sa détresse psychologique vient précisément de là.

— Qu'est-ce que vous voulez que je vous dise ? Il aurait dû y penser avant… Maintenant, c'est trop tard.

— Je… J'ai l'impression que c'est un homme très seul.

— C'est normal, c'est à cause de son métier.

— Dans quel sens ?

— Je connais Vito depuis plus de quinze ans, nous avons été mariés pendant dix ans. Quand je l'ai rencontré, c'était une personne différente. Son travail l'a changé.

— En pire ?

— En pire.

— Pourquoi ?

— Pff. Je n'arrive pas à croire que je sois en train de faire ça… OK. Vito… Il… Il ne fait plus confiance aux gens. Il a tendance à se méfier de tout le monde, sauf des personnes qu'il connaît vraiment. Avec toutes les autres, il maintient une distance de sécurité. Ça le pousse à rester seul. Et maintenant qu'on n'est plus ensemble, je ne crois pas qu'il ait tant d'amis que ça, surtout après ce qu'il a fait à Jacopo.

— Et ses collègues ?

— Ses collègues ont peur de lui, ils ne le considèrent plus comme un des leurs.

— Pourquoi dites-vous que c'est le travail qui l'a changé ?

— Parce que Vito est incapable de se fixer des limites. Quand il travaille sur une affaire, il s'immerge totalement, jusqu'à en perdre le sommeil. Il s'isole, ça devient une obsession pour lui. Il est très doué dans ce qu'il fait, ça c'est clair, mais je pense que ça finira par le détruire.

— Ce sont des mots forts.

— Je sais que c'est moche de dire ça, mais... c'est la vérité, et c'est ce qui est en train de se passer. Il vit avec les morts, avec les fantômes. Je ne voulais plus partager ma vie avec un homme pareil.

— Dites, vous l'avez vu récemment ?

Cinzia eut un petit rire nerveux.

— Hélas, oui...

— Et comment l'avez-vous trouvé ?

— Comment je l'ai trouvé ? Hmm... Tourmenté, plus qu'à l'ordinaire.

— Si je vous demandais d'inverser les rôles et que vous vous retrouviez à ma place, que feriez-vous ? Vous pensez qu'il est prêt à être réintégré ?

— Honnêtement ?

La psychologue acquiesça.

— Non.

43

Elles étaient sorties pour poursuivre la conversation. Elles avaient commandé deux thés dans un bar et s'étaient installées en terrasse. Cinzia lui avait raconté ce qui s'était passé la veille, et Livia n'avait pas été plus surprise que ça. Elle avait compris que Strega nageait dans un océan de douleur et de tristesse, et que la femme qu'elle avait devant elle était la bouée de sauvetage qui lui permettait de ne pas se noyer. Non, ce n'était pas étonnant qu'il ait disjoncté de la sorte.

— J'étais fatiguée, poursuivit Cinzia. Tous les soirs, il rentrait à la maison, et je devais me coltiner ses fantômes. Je ne sais pas, si ça avait été une femme… Je veux dire, s'il m'avait trompée, ça aurait peut-être été plus facile. Contre une autre femme, vous voyez, j'aurais pu me défendre, j'aurais pu lutter. Mais pas contre des morts… Le combat était inégal.

— Il vous aimait, quand même. Il vous aime encore.

— Ça n'a jamais été ça, le problème. Le problème, c'est qu'il aimait trop son travail. Il prenait chaque dossier comme une affaire personnelle, comme si on avait tué un de ses proches. On ne peut pas vivre avec une personne pareille, croyez-moi.

— Je me rends compte que ma question est très personnelle, pardon, mais est-ce la raison pour laquelle vous n'avez jamais eu d'enfants ?

Cinzia termina son thé et alluma une cigarette.

— Oui. Je crois que oui. Moi j'en ai toujours voulu, lui non. Il répétait qu'il préférait attendre, mais en réalité je pense qu'il n'en avait pas le courage. Vous savez, les choses qu'il me racontait, les choses qu'il voyait… Je pense qu'avec un enfant, il ne se serait jamais senti en confiance, en sécurité.

— Personne ne l'est, sourit Livia.

— Pas faux.

— Je peux vous demander comment ça s'est terminé entre vous ?

— Comme toujours dans ces cas-là. J'ai rencontré quelqu'un. Une personne totalement différente. Le parfait opposé de Vito, mais c'est quelqu'un de bien.

— Le commissaire Strega ne l'est pas ?

— Si, bien sûr que si. Peut-être même trop.

— Poursuivez, je vous en prie.

— Vous vous doutez de la suite, non ? Je l'ai trompé.

— Je comprends. Et il l'a découvert ?

— Non, c'est moi qui le lui ai dit.

— Vous avez été courageuse.

— Il ne méritait pas ça, mais ainsi va la vie. Lui mentir ? J'y ai pensé, mais non, ça lui aurait fait encore plus de mal.

— Dans cette histoire, dans votre nouvelle relation, quel rôle a joué la mort du collègue de Vito ?

— Ça, je préfère ne pas en parler…

Livia sentit qu'elle tirait trop sur la corde. Elle sourit.

— Très bien, aucun problème. J'ai une autre question pour vous. Le passé du commissaire Strega. Il a été dans la marine, avant d'entrer dans la police, vous le saviez ?

— Oui, on s'est connus à l'université, on fréquentait tous les deux la fac de droit, Vito avait quitté la marine depuis plusieurs années. C'était un étudiant exceptionnel, il réussissait ses examens avec une extrême facilité. Il m'a beaucoup aidée. Sans lui, je ne m'en serais peut-être pas sortie, mais là-dessus, sur l'histoire de son engagement militaire, je ne peux pas vous aider. Il n'a jamais voulu me parler de cette époque, il a toujours éludé le sujet. Je ne pense pas que ça lui plaisait, en tout cas. Je pense qu'il l'a fait pour faire plaisir à son père qui était amiral, ou quelque chose comme ça. Un haut gradé, en tout cas.

— Je comprends. Il ne vous a même pas parlé de ses missions au Kosovo et en Bosnie ?

— Seulement quelques allusions. Je crois qu'il m'a dit un jour qu'il était là-bas pour une opération de maintien de la paix.

Livia sourit.

— Oui, je crois que c'est ça. Et son père, vous l'avez connu ?

— Non, il est mort avant qu'on se rencontre. Je pense que ça a coïncidé avec le retour de Vito à la vie civile, comme il disait.

— Je vois.

— Il se fait tard, je dois vraiment y aller.

— Oui, encore désolée de vous avoir fait perdre du temps, mais vous avez vraiment été d'une très grande aide.

— Je vous en prie. J'ai encore beaucoup d'affection pour lui, et j'espère vraiment qu'il va trouver un peu de paix.

— Une dernière question et je vous libère.

Cinzia se leva et mit son sac en bandoulière.

— Dites-moi.

— Jacopo Di Giulio : c'était un accident ou un meurtre ?

Cinzia Purgatori blêmit. Elle fixa Livia pendant quelques secondes, puis elle lui tourna le dos et s'en alla sans répondre.

44

GRAND-MÈRE Ada lui avait donné un excellent conseil : s'il voulait parler aux parents des meurtriers, son statut de flic ne jouerait pas en sa faveur. Les policiers étaient ceux qui avaient arrêté leurs enfants. De leur point de vue, ils étaient l'ennemi. Or il n'était pas policier. C'était un commissaire démis de ses fonctions parce qu'il était allé à l'encontre de ses supérieurs. Il avait enquêté sans autorisation sur le Marionnettiste qui se cachait derrière les enfants tueurs, et sa direction, pour le punir, l'avait suspendu. Lui aussi, en un sens, était une victime. En se présentant de cette manière, il était du côté des adolescents, et les parents collaboreraient, espérant que sa thèse était fondée.

En rallumant son téléphone, il vit plusieurs appels de la psychologue. Il avait été tellement absorbé par l'affaire qu'il avait complètement oublié leur rendez-vous. Il décida de la rappeler plus tard.

Il passa quelques coups de fil à de vieilles connaissances et réussit à découvrir l'identité des avocats qui défendaient les adolescents. Il tenta de leur parler et de leur offrir son aide, en évoquant sa théorie. Beaucoup se méfiaient : un policier suspendu… Ce n'était pas idéal, comme carte de visite. Strega leur dit de se renseigner sur lui. Ils lui répondirent qu'ils le recontacteraient.

Il tua le temps assis sur le canapé, Sofia endormie sur ses genoux, avec une grande tasse de café noir, *Kind of Blue* de Miles Davis sur la platine.

Au bout d'une vingtaine de minutes, son téléphone sonna.

Ça y est, pensa-t-il en se demandant lequel des avocats le rappelait.

Ce n'était aucun d'entre eux. C'était Cinzia.

Surpris, il répondit.

45

Dɪx ans ensemble ne s'effacent pas en un jour. Cinzia avait encore de l'affection pour Vito. Peut-être, sans qu'elle se l'avoue, une partie d'elle-même l'aimait-elle encore. Comme elle l'avait expliqué à la psychologue, ce n'était pas le manque d'amour qui avait eu raison de leur relation.

C'était pour ça qu'elle l'avait contacté, pour lui dire qu'elle avait besoin de le voir. Au nom de ces dix ans. De l'amour qui les avait unis. Au ton qu'il avait pris à l'autre bout du fil, cependant, Cinzia avait compris qu'il avait mal interprété son appel.

— Tiens, tu es là ? Je pensais que tu ne rentrerais que pour dîner, dit Stefano en posant son journal.

— Oui, changement de programme.

— Tu vas bien ? Il t'est arrivé quelque chose ? lui demanda-t-il en se levant et en la prenant dans ses bras.

— Tout va bien, ne t'inquiète pas, juste un peu de fatigue.

— Ah, je t'avais dit qu'il valait mieux rester à la maison, tu sais, après hier…

— Je sais. J'aurais dû t'écouter.

— Je te prépare quelque chose ?

— Non, merci. Dis, Ste… J'ai vu une personne ce matin.

— Qui ? demanda-t-il, sur la défensive.

Cinzia lui parla de Livia Salerno et lui résuma leur entrevue.

— Mais enfin ! Quand est-ce qu'on sera débarrassés de lui ? Combien de temps encore il va parasiter nos vies, nom de Dieu ?

— Le passé est passé, mon amour, tu le sais. Vito a seulement besoin d'aide pour se remettre sur pied. Je suis contente qu'il soit suivi par une psy, je crois que c'est ce qu'il lui faut.

— Tu dois penser à ce dont *nous* avons besoin, Cinzia. Et ce dont nous avons besoin, c'est de tranquillité, d'en finir avec Vito et tous ses délires. Et si tu veux tout savoir, je pense qu'ils ne devraient pas le réintégrer. Jamais de la vie. Comment peut-on donner un pistolet et un insigne à un type pareil, putain ? Tu te rends compte de ce qu'il a fait hier ?

— Je sais, mais sans son travail, c'est un homme perdu. C'est pour ça qu'il a eu cette réaction hier.

— En tout cas, maintenant il nous a lâché la grappe, non ? On n'a plus à se soucier de lui.

Elle acquiesça, le regard distant.

— Qu'est-ce qu'il y a ? Tu me caches quelque chose ?

— Je… Il y a une dernière chose que je dois faire. Cette fois, c'est moi qui ai besoin de le voir, Ste.

— Quoi ? Mais… Tu as perdu la tête ? Pourquoi ?

— Pour le sauver.

— Le sauver ? Qu'est-ce que tu racontes ? Le sauver de qui ?

Cinzia sortit ses cigarettes et en alluma une, ignorant la déception dans les yeux de son compagnon.

— Le sauver de lui-même.

46

Peu après Cinzia, un des avocats l'avait rappelé pour l'informer que la famille de Matteo avait accepté de le rencontrer. Strega avait dû envoyer un message à son ex-femme pour reporter leur rendez-vous. Il n'y avait pas une minute à perdre.

— Oui ? fit une voix de femme à l'interphone.

— Je suis le commissaire Strega, madame. C'est maître Ferra qui m'envoie.

— Oui, entrez.

Une fois dans l'appartement, Strega, comme toujours dans ces circonstances, se sentit de trop. Comme s'il existait une liturgie de la douleur qu'il interrompait par sa présence.

Les parents de Matteo étaient un jeune couple. Ils se présentèrent et l'invitèrent à s'asseoir, ce qu'il fit, non sans éprouver une vive douleur à la jambe, là où l'avait frappé le policier.

— On peut vous offrir quelque chose ? demanda le père.

Aux cernes profonds qui marquaient leurs visages, on voyait qu'ils n'avaient pas dormi.

— Non, je vous remercie. Et merci d'avoir accepté de me voir.

— Maître Ferra nous a dit que vous pouviez aider Matteo.

— C'est vrai. Mais je tiens à préciser d'emblée que…

— Maître Ferra nous a déjà dit de ne pas nous faire d'illusions, commissaire, le devança la femme.

— Bien.

— Pourquoi pensez-vous pouvoir nous aider ?

— Avant de vous expliquer le pourquoi, j'ai quelques questions à vous poser sur votre fils.

— Allez-y, dit l'homme.

Strega commença par les mêmes questions qu'il avait posées à la mère de Michela, en quête de connexions, de motivations, de détails insolites qui auraient détonné par rapport aux données recueillies par Teresa et ses collègues. Mais là encore, il ne fut pas plus avancé. Matteo était un garçon solitaire, obèse, et victime de railleries et de brimades pour ces raisons. Son aspect physique l'avait poussé à se couper de ses camarades. Il n'avait pas d'amis et passait le plus clair de son temps enfermé chez lui à jouer à des jeux vidéo ou à lire des mangas. Le passage à l'acte avait été provoqué par un désir de vengeance, après des années de persécutions et d'humiliations. Rien dans les réponses des deux parents ne laissait entrevoir de confirmation des théories du commissaire. Il n'y avait pas de figure charismatique qui aurait cultivé et exalté sa part d'ombre.

Il se fit accompagner dans sa chambre, mais là non plus il ne trouva rien d'inhabituel. Une collection de casquettes de base-ball accrochées au mur, des posters de joueurs de basket et de superhéros de bande dessinée, et une flopée de jeux vidéo qui encombraient les étagères en bois.

Strega demanda au père s'il pouvait accéder aux profils de Matteo sur les réseaux sociaux, espérant trouver quelque chose avant que ses collègues ne viennent séquestrer son ordinateur, par acquit de conscience. Mais la liste des favoris, Facebook, Twitter et Instagram ne lui apprirent rien qu'il ne savait déjà. L'univers de Matteo était contenu dans cette chambre.

— Je n'arrive pas à croire qu'il ait pu faire une chose pareille, dit le père en se laissant tomber sur le lit de l'adolescent. Il était si calme, si…

— On aurait dû passer plus de temps avec lui, dit la mère en posant une main sur l'épaule de son mari.

— Je suis sûr que vous avez fait de votre mieux pour l'élever. Croyez-moi, parfois il n'y a pas de raison. Même si ça fait mal, parfois ce n'est la faute de personne.

— Mais vous croyez toujours que quelqu'un a pu le convaincre de… passer à l'acte ? demanda la mère.

Strega ne savait pas quoi répondre. Quelques heures plus tôt, il en avait la quasi-certitude, mais à présent, si quelqu'un avait vraiment manipulé Matteo, il ne voyait pas comment ils avaient pu entrer en contact et se fréquenter en cachette des parents. Le souvenir des rires à la prison pour mineurs suffit à dissiper ses doutes, ravivant son désir d'y voir plus clair.

Il tira son vieux Moleskine noir de son manteau et leur lut le nom des autres adolescents.

— Est-ce que vous connaissez un de ces jeunes ? Est-ce que Matteo avait une quelconque relation avec eux ? Réfléchissez bien, s'il vous plaît.

— Ça ne me dit rien du tout… Toi, chéri ? demanda la femme.

— Non. C'est la première fois que j'entends ces noms.

— Je comprends. Je ne crois pas avoir d'autre question. Merci encore pour votre gentillesse.

— Si quelqu'un l'a convaincu de faire ça, retrouvez-le, je vous en prie, dit la femme, retenant ses larmes avec peine.

— Je ferai de mon mieux, madame.

Le père le raccompagna à la porte et ils se saluèrent avec la promesse de se tenir au courant.

À peine entré dans la Mini, Vito donna une claque rageuse au volant et un coup de coude au siège passager.

Merde.

Il avait espéré trouver du nouveau, mais c'était raté. Encore un coup d'épée dans l'eau. Et quelque part dans la ville, quelqu'un demeurait tapi dans l'ombre, impunément, tandis qu'un autre adolescent se préparait à tuer.

47

ALLEZ, réveille-toi, ce n'est pas le moment de dormir, tu ne vas pas me décevoir maintenant, quand même ? Après tout le mal que je me suis donné ? Allez, je veux savoir si ça te plaît, je me suis beaucoup appliqué. Tu m'as dit de transformer ma colère en autre chose, tu te souviens ? Tu m'as dit que puisque j'aimais dessiner, je n'avais qu'à dessiner ? Là, regarde mes dessins, voilà… Mais ? Pourquoi tu fais cette tête ? Ils ne te plaisent pas ? Et voilà, je le savais, avec toi c'est toujours pareil, tu me dis de faire quelque chose, mais ensuite ce n'est jamais assez bien. Tu dis que tu m'aides, alors qu'en fait tu m'empoisonnes encore plus l'esprit. Qu'est-ce qui ne va pas, cette fois ? Les dessins ne te plaisent pas ? Mais c'est ce que je vois, qu'est-ce que j'y peux ? C'est ce que je vois, et tu sais ce que je vois, là tout de suite ? Comment, tu ne veux pas le savoir ? Peu importe, je te le dis quand même. Alors, tu vois ce dessin, celui en noir et blanc ? À mon avis, il manque un peu de couleur. Comment, quelle couleur ? C'est évident, non ? Du rouge. Ça ne t'embête pas de m'en prêter un peu ? Du sang, juste un peu… Juste un petit peu… Sois gentille…

48

— SAINTE vierge Marie, murmura Palamara en se signant. Je ne sais pas si je suis plus choqué par la frénésie meurtrière de ce petit con ou par ta fourberie, Brusca.

— Ma fourberie ?

— Parfaitement. Tu crois que je ne sais pas pourquoi tu m'as amené ici ? Tu voulais me faire changer d'avis, en me montrant à quel point c'est la merde. Tactique aussi douteuse qu'intelligente. Sang sicilien ne saurait mentir, hein ?

— Admettons que ce soit le cas, vous avez changé d'avis, chef ?

Palamara contempla les dessins collés au mur du cabinet. L'assassin avait utilisé le sang de la psychologue en guise d'encre.

— Non, ce n'est qu'une confirmation de plus que l'être humain est un animal.

— Et en ce qui concerne notre affaire ? demanda Teresa.

— Tu veux que je te fasse le plaisir de te dire que tu avais raison ? Non, je ne le ferai pas. Pas tant que tu ne m'auras pas apporté les preuves de ce que tu avances,

Brusca. Ici, des preuves, je n'en vois pas. Je vois seulement un gamin enragé qui a pété un câble. Comme tous les autres, d'ailleurs, non ?

— Chef, je...

— Tu sais ce qui a manqué à ces gamins ? continua-t-il comme s'il ne l'avait pas entendue, les yeux encore rivés sur la violence contenue sur ces feuilles A4. Des claques. Une belle palanquée de baffes. Les êtres humains sont vraiment des animaux. C'est comme avec les chiens. Il faut leur taper dessus pour leur faire comprendre les choses, sinon ça ne leur rentre pas dans la tête. Je ne dis pas de les battre jusqu'au sang, mais parfois une baffe fait la différence entre un type bien et une sous-merde. Je parie que ce petit monstre avait tout dans la vie, pas vrai ?

— Oui, c'est ce qu'il semble.

— Et c'est comme ça qu'il remercie ses parents... Putain, il a quel âge ? demanda-t-il en fixant les lunettes de la psychologue sur le sol.

Les verres étaient fracassés et tachés de sang.

— Quatorze ans.

— Jésus Christ ressuscité... À vingt ans, qu'est-ce que ça sera ?

— Il faut qu'on fasse quelque chose, chef.

— Bien sûr. Je vais te dire, moi, ce qu'on devrait faire. On devrait prendre ce gamin, l'enfermer dans une pièce et le laisser deux ou trois heures avec les quatre de la brigade qu'on a arrêtés pour abus de pouvoir, dit-il en faisant allusion à un petit groupe de flics de la questure à la main leste. Je crois que ça lui remettrait les idées en place, non ?

— Ils seraient capables de le tuer, chef. Il ne mérite pas ça.

— Ah non ? Et à ton avis, cette pauvre femme, elle méritait ça ? s'emporta Palamara en soulevant le drap et en découvrant le corps de la psychologue.

Teresa détourna le regard.

— S'il y a quelqu'un derrière ces meurtres, s'il y a quelqu'un qui les manipule, il est encore pire que ces jeunes, chef. S'il existe, c'est lui le vrai animal.

— C'est toi qui l'as dit : *si*…

Palamara lança un dernier regard au corps et abaissa le drap.

— Faut croire qu'ils ont un sacré sens de l'humour là-haut, hein ? J'envoie le meilleur de mes hommes chez la psy, et voilà ce que me répond la vie.

— On dit que c'est le karma, nos actes nous retombent dessus.

— Karma ou pas, tout ce que je sais, c'est que ce petit fils de pute ne passera même pas une journée en taule. Son avocat va invoquer des troubles psychologiques, le fait qu'il suivait une thérapie, ce genre d'absurdités à la con. Ça me dégoûte.

— Qu'est-ce que vous voulez que je fasse ?

— Laisse les conneries bureaucratiques à Iovine. Va me trouver ce Marionnettiste, si tu y crois tant que ça. À partir de maintenant, tu es affectée à temps plein sur cette affaire, de manière officieuse, c'est clair ?

— Merci, chef. Vito…

— Strega est suspendu. Jusqu'à nouvel ordre, il ne peut pas s'approcher de ce merdier. Point final. Allez, dehors, Brusca, et ferme derrière toi.

49

VITO Strega monta lentement les escaliers de chez lui. Il était éreinté et sa jambe droite le soutenait à grand-peine. Trois autres avocats l'avaient contacté, acceptant sa proposition de collaboration. Il avait rencontré les trois familles qu'ils représentaient, les avait interrogées, avait inspecté la chambre des enfants, cherchant une connexion entre eux. Des heures et des heures de questions, qui n'avaient produit aucun résultat. Tout en étant très similaires, les adolescents n'avaient rien en commun, à part une solitude infinie. Rien qui puisse justifier une organisation collective.

Strega sentait que quelque chose lui échappait. Un détail, un indice qui clignotait dans sa tête, mais qu'il n'arrivait pas à saisir. C'était pour ça qu'il était aussi épuisé. Ce tâtonnement permanent. Et la culpabilité harassante qui en résultait.

Il arriva sur le palier de sa mansarde, dans le noir, trop fatigué pour allumer la lumière. Il inséra la clé dans la serrure, savourant d'avance le bain chaud qui l'attendait, lorsqu'il entendit les lames du plancher grincer dans son dos.

Il pivota aussitôt, mais avec une seconde de retard.

La batte le frappa à la tempe gauche, l'assommant et lui faisant perdre l'équilibre. Il s'effondra au sol. Le deuxième coup l'atteignit à la jambe gauche, l'empêchant de se relever. Le troisième, à l'estomac, lui coupa le souffle.

Strega gémit de douleur, mais dans son for intérieur il se réjouissait : il avait réussi à le faire sortir de l'ombre. Toutes ses questions, ses contacts avec les familles des adolescents devaient l'avoir mis en alerte, et l'autre s'était exposé pour le réduire au silence.

Strega chercha à se lever, oubliant sa jambe mal en point, et retomba au sol sous une nouvelle pluie de coups.

Protégé par l'obscurité, l'agresseur avait le dessus, frappant avec toujours plus de violence, sans le laisser reprendre haleine.

— Tu n'aurais pas dû t'en mêler, l'entendit dire Strega, se sentant mourir, avant qu'un coup de pied dans le bas-ventre ne coupe le peu de souffle qui lui restait.

Les mains de l'inconnu se serrèrent autour de sa gorge, l'étouffant et le clouant au sol.

Dans le noir, il saisit une lueur de haine dans les yeux de son agresseur.

Instinctivement, il chercha l'arme à son flanc, en vain.

Elle n'y était plus.

Il n'était plus policier.

Il sentit ses forces l'abandonner, et quelques secondes plus tard ses yeux le trahirent et se fermèrent.

Les mains de l'assaillant, en revanche, serraient toujours plus fort.

Toujours plus fort…

Toujours plus fort…

50

— Tu veux que je te dise un secret ?

La femme regarda autour d'elle. La table superbement dressée. Une bonne bouteille de vin. Des plats fumants dans les assiettes. Des bougies au centre. Cela faisait des mois qu'il n'avait pas cuisiné pour elle. Des années qu'il n'avait pas eu de telles attentions, qu'il ne lui avait pas offert une telle intimité.

— Bien sûr. Dis-moi, dit-elle en s'asseyant, ravie.

— Ton policier ? OK, je l'admets : j'y ai pensé toute la journée, dit-il en lui servant un verre de vin. J'ai même lu une partie de son livre, le manuel de criminologie. Très intéressantes, ses théories.

— Ah oui ? Et pourquoi tu as fait ça ?

— Je ne sais pas, son histoire m'a intrigué. Tu l'as vu, aujourd'hui ?

— Ah, donc c'est à lui que nous devons… tout ça, dit-elle en désignant la magnifique table. (Elle rit.) OK, je dois avouer une pointe de déception. Je croyais que toutes ces attentions étaient pour moi.

— Pourquoi tu dis ça ? Tu es un élément fondamental de l'histoire, non ? Tu es sa *guérisseuse*.

— Tu ne vas pas t'en sortir avec une pirouette. Et de toute façon, désolée de te décevoir, mais il ne s'est pas présenté au rendez-vous aujourd'hui.

— Oh, dit-il en plissant le front d'un air déçu.

— Mais…

Les yeux de son mari s'illuminèrent, et elle éclata de rire.

— J'ai décidé que je n'allais pas rester plantée là à l'attendre, alors je suis allée parler à sa femme.

— Ex-femme.

— Exact.

— Incroyable. Comment ça s'est passé ?

— Après. On mange, d'abord.

Ils commencèrent le repas, mais sa curiosité était telle qu'il la pressa jusqu'à ce qu'elle lui raconte tout dans le détail.

Quand ils arrivèrent au dessert, son mari était plus curieux que jamais.

— Un commissaire harceleur, c'est vraiment le pompon. Ça te facilite la tâche, non ?

— Je ne sais pas. C'est clairement un homme tourmenté et compliqué, il n'accepte pas les disparitions, les abandons.

— Et toi, qu'est-ce que tu en penses ? Pourquoi elle l'a quitté ?

— Je ne suis pas sûre.

— Mais tu t'es fait une idée, quand même ?

— Oui.

— Et alors ?

— Il y a trop de coïncidences : la mort de son collègue, sa femme qui le quitte…

— Où veux-tu en venir ?

— Je pense que les deux sont liés.

— C'est-à-dire ?

— Je crois qu'il lui a dit la vérité sur ce qui s'est passé cette nuit-là.

— Et ?

— Et qu'elle n'était pas prête à l'entendre.

— Tu es en train de me dire que…

— Je pense qu'il lui a avoué qu'il avait tué son partenaire.

— Merde, soupira-t-il.

— Voilà.

À cet instant, on sonna à la porte, les faisant sursauter.

51

La raison de son affectation au Kosovo n'était pas une opération de maintien de la paix.

Strega attrapa les poignets de l'agresseur, les tordit et se libéra de son étreinte. Il lui décocha un coup de genou au bas-ventre, puis un coup de coude dans le plexus solaire, qui lui coupa la respiration. Il le repoussa pour se débarrasser de lui, le faisant valser par terre. Le tout en moins de deux secondes.

Strega resta à terre quelques secondes, à tousser et reprendre son souffle.

— Vito ! l'appela Jessica, allumant la lumière.

La jeune fille avait les yeux écarquillés par la peur. Ses cigarettes et son briquet étaient tombés par terre. Elle tremblait.

— Ne t'inquiète pas, tout va bien.

— Tu veux… Tu veux que j'appelle la police ?

Il jeta un regard à son assaillant, encore groggy, et secoua la tête.

— Non, il ne vaut mieux pas. Tout va bien, vraiment. Redescends, s'il te plaît.

— Mais…

Strega se dressa de toute sa hauteur. À côté de lui, l'homme qui l'avait attaqué semblait disparaître.

— Ne t'inquiète pas, tout est sous contrôle. Pas besoin d'appeler qui que ce soit. Allez, file.

— Vito, ne le…

— Je ne vais pas le tuer, ne t'en fais pas, sourit le commissaire, en tamponnant le sang de sa blessure à la tempe avec sa main. Rentre chez toi et ne bougez pas. Je vous rejoins dans pas longtemps.

Jessica obéit.

Strega attrapa la batte avec laquelle le salopard l'avait quasiment mis K.-O. et eut un frisson quand il se rendit compte qu'elle était quasiment identique à celle qu'un des adolescents avait utilisée pour tuer. Il ouvrit la porte de son appartement et y lança la batte. Puis il s'approcha de l'homme au sol, il le saisit par le col et le projeta dans la mansarde.

— Toi et moi, on va avoir une petite conversation, dit-il.

52

— Qui est-ce ? demanda Livia à son mari.

— Je ne sais pas. Une femme. Jamais vue avant, dit-il en regardant à travers le judas. Elle montre un insigne de police.

— Oh mon Dieu. Encore des policiers ?

Ils ouvrirent et se trouvèrent face à une femme d'une quarantaine d'années, assez courte sur pattes et solidement bâtie.

— Madame Salerno ? demanda l'inconnue.

— Oui, c'est moi, dit Livia en s'approchant.

— Bonsoir. Je suis l'inspectrice Teresa Brusca.

— Vous êtes la collègue du commissaire Strega, dit la psychologue, reconnaissant le nom lu dans le dossier du policier. C'est ça ?

— Exactement. Navrée pour l'heure tardive, et pardon de me présenter ainsi, à l'improviste, mais…

— Je vous en prie, entrez. On se gèle dehors, dit l'homme, s'attirant un regard glacial de sa femme.

— Merci, dit Teresa. Encore désolée. Je peux vous parler en privé ?

Livia fixa son mari, qui semblait ne pas comprendre.

— Oh pardon. Je peux vous offrir quelque chose ? Un café, un thé ? Quelque chose de plus fort ?

— Non, je vous remercie. Je ne reste pas longtemps, je ne veux pas vous déranger.

— Vous ne dérangez pas. Livia, tu veux quelque chose ?

— Oui, je veux que tu nous laisses seules, s'il te plaît.

L'homme rit et se dirigea vers la cuisine.

— Je vous en prie, asseyez-vous. Vous êtes ici à titre officiel ?

— Honnêtement ? Non.

— Ah. Pourquoi, alors ? demanda Livia en changeant de ton.

— Pour Vito. Disons que je suis ici en tant qu'amie et collègue.

— Il semble que le professionnalisme ne soit pas un trait distinctif de votre questure. Le petit discours que vous vous apprêtez à me réciter m'a déjà été servi par votre supérieur, le vice-questeur Palamara. Je ne devrais même pas vous laisser entrer chez moi, vous savez ? Votre visite pourrait compromettre ma position ainsi que celle du commissaire devant la commission qui a sollicité mon expertise.

— Croyez-moi, ça n'a pas été facile de venir ici, et je sais bien que je ne devrais pas interférer dans votre travail et…

— Non, vous ne devriez pas.

— Je sais, mais je ne serais pas venue si ce n'était pas réellement urgent, croyez-moi.

— De quoi s'agit-il ?

— Nous avons besoin de Vito, madame.

— Comme vous le savez mieux que moi, en ce moment le commissaire Strega est sous expertise psychologique. Je cherche à déterminer si sa…

Teresa sortit des photos de son sac et les posa sur la table basse en verre les unes à côté des autres, comme un puzzle. Un puzzle de l'horreur.

— Mon Dieu, soupira Livia.

Les photos montraient le dernier cadavre et la scène de crime, avec les dessins au sang sur les murs.

— Elle était psychologue, comme vous… Regardez bien, si vous arrivez à la distinguer sous le sang. Vous la connaissez peut-être.

— Vous ne pouvez pas…

— Vous la connaissez ? insista Teresa.

Livia acquiesça, le visage exsangue.

— Voici, j'ai préparé du thé pour deux, pardon si…

Le plateau lui échappa des mains dès qu'il vit les photos. Les deux femmes sursautèrent quand les tasses se fracassèrent sur le sol.

— C'est seulement la dernière des victimes. Vous avez vu comment elle a fini ?

— C'est… C'est du terrorisme psychologique, hurla l'homme. Vous ne pouvez pas faire des trucs pareils, vous ne pouvez pas faire chanter ma femme avec…

— Maurizio, laisse-nous seules, s'il te plaît. Je gère.

— Mais…

— Ne nettoie pas, je m'en occupe après. De toute façon, l'inspectrice était sur le départ.

L'homme n'arrivait pas à détacher les yeux des photos sanglantes.

— Maurizio !

— Ça va ça va, je m'en vais.

— OK. Qu'est-ce que c'est que ce bordel ? demanda Livia dès qu'elles furent seules.

53

Strega ferma la porte à clé et fourra le trousseau dans sa poche. Dès qu'il enleva son manteau, l'agresseur tenta de lui décocher un direct.

Cette fois, Strega ne lui tournait pas le dos. Il lui attrapa le poing dans sa main ouverte et le serra jusqu'à ce que l'homme hurle de douleur et tombe à genoux.

— Je laisse passer pour cette fois, mais si tu refais un geste, je te casse le poignet. Je peux lâcher, ou tu as l'intention de recommencer ? demanda-t-il en le toisant de toute sa hauteur.

— Laisse-moi.

— Je veux t'entendre dire que tu vas être bien sage.

— Va te faire foutre.

Strega accentua la pression sur les articulations, lui arrachant un nouveau cri.

— Je n'ai pas entendu.

— Arrête ! Je te frapperai plus, merde.

Il le relâcha et s'aperçut que Sofia avait assisté à toute la scène juchée sur une pile de livres en équilibre précaire, indifférente et comme supérieure.

— Coucou, petite. On a un invité, dit Vito en la caressant.

Pour toute réponse, elle lécha le sang sur ses doigts.

L'agresseur ricana, massant son poignet malmené. Son rire hystérique donnait la chair de poule.

— Tu parles carrément aux animaux, tu es vraiment dingue.

— Je n'ai qu'une question, dit le policier. Pourquoi ?

— Comment ça, pourquoi ? Tu le sais très bien, espèce de connard.

— Non, vraiment pas. Qu'est-ce que je t'ai fait ?

— Tu me l'as volée.

— Tu plaisantes ?

— J'ai compris que vous aviez une liaison, je l'ai suivie, je vous ai vus dîner ensemble, marcher bras dessus bras dessous. Je sais qu'elle dort ici quand elle ne rentre pas… Je ne suis pas stupide, Vito.

Strega eut un sourire triste. Il prit Sofia dans ses grandes mains et lui caressa la tête.

— Il n'a rien compris du tout, lui dit-il en montrant Raffaele Niro, le mari de Teresa. Comme nous tous, les hommes…

54

QUAND Teresa eut fini de l'informer des meurtres et de leur théorie, Livia resta plongée dans un silence hébété.

— Je ne suis pas aussi forte que lui, je n'arrive pas à considérer la situation avec froideur, je me laisse emporter par mes émotions. Nous avons besoin de lui si nous voulons arrêter ce salopard, madame. S'il y a une personne qui en est capable, c'est Vito, croyez-moi.

Livia regardait à présent les photos de sa consœur assassinée d'un œil différent. Elle leva la tête vers l'inspectrice et chercha à masquer la colère qui grondait en elle.

— Hier, le commissaire Strega a été embarqué par une patrouille parce qu'il était encore en train d'importuner sa femme. Vous trouveriez ça raisonnable que je lui restitue tous les pouvoirs dont jouit un officier de police, arme à feu comprise ? Vous rigolez, ou quoi ?

Teresa s'apprêtait à répliquer, mais la psychologue l'interrompit.

— Votre collègue est sujet à de violents accès de rage. Il lui arrive fréquemment de détruire tout ce qui lui passe sous la main, d'après ce que j'ai lu dans les rapports établis par vos supérieurs. Je me pose la question : quand cessera-t-il de s'en prendre à des objets pour s'attaquer à des gens ? Vous vous sentez vraiment en sécurité avec lui à vos côtés ?

— Il… Il est comme ça aujourd'hui, parce qu'il n'a pas son travail. Il n'a pas d'objectif, pas de repère, maintenant que c'est fini avec Cinzia.

— Encore un élément en sa défaveur. Il ne parvient pas à faire le deuil de son mariage, si je puis dire. Cette obsession pour son ex-femme risque de devenir ingérable.

— Non, croyez-moi, je le connais.

— Je n'en doute pas, mais je n'invente rien, inspectrice. Les faits parlent d'eux-mêmes.

Teresa se tordait les mains, cherchant les mots pour la convaincre du contraire. Elle savait qu'il y avait certaines choses qu'elle ne pouvait pas lui dire, certains secrets qui devaient le rester, et il était difficile d'essayer de le réhabiliter sans se trahir.

— Écoutez, pour tout vous dire, je suis sûre qu'il vivrait mieux la séparation avec Cinzia s'il retournait travailler. Il se concentrerait sur ses dossiers, il sauverait des vies humaines et c'est… c'est ça dont Vito a besoin. Il est comme ça, il a besoin d'aider les autres.

— Non, c'est faux. Pour le moment, il a besoin de s'aider lui-même, c'est justement ça l'idée. Il faut qu'il se concentre sur lui-même, sur ses besoins, ses peurs. Et s'il ne le fait pas, s'il continue à se cacher derrière les victimes, derrière son travail, ce sera de pire en pire. Cette rage qu'il a du mal à contenir va continuer à grandir, jusqu'à finir par exploser.

Teresa comprit qu'elle n'arriverait à rien.

— Je ne sais pas quoi vous dire d'autre, à part que vous commettez une grosse erreur, dit-elle.

— Non, c'est vous qui commettez une erreur en lui mettant toutes ces attentes sur le dos. Il y a un homme derrière le policier. Son travail n'est pas sa vie, vous semblez l'oublier. Et emportez ces photos, s'il vous plaît.

— Non. Elles sont pour vous. Parce que si votre consœur est morte, c'est aussi votre faute, madame. Si Vito avait été réintégré, tout ça ne serait pas arrivé.

— Mais vous vous rendez compte de ce que vous dites ? hurla Livia en se dressant d'un bond.

— Regardez bien ces photos, madame. C'est un meurtre qui aurait très bien pu être évité. La question est : combien de meurtres doivent encore avoir lieu avant que vous soyez convaincue du contraire ? Combien de photos de scène de crime vais-je devoir vous envoyer avant de…

La gifle de la psychologue suspendit sa phrase.

Livia regarda sa main comme si elle s'était mue de sa propre initiative. Décontenancée, elle reporta son regard sur l'inspectrice.

— Fichez le camp de chez moi, murmura-t-elle, le corps tout entier frémissant de rage.

Teresa eut un sourire sardonique et se dirigea vers la porte.

— Les photos ! cria Livia derrière elle.

La policière sortit sans se retourner, la laissant seule sous le poids immense de ses choix.

55

Sofia les observait. Ils étaient assis dos à la balustrade, une bière glacée à la main, à contempler le ciel nocturne au-dessus d'eux. La colère qui s'était emparée d'eux peu de temps avant s'était dissipée, ne restaient que les blessures de Vito et la chemise déchirée de Raffaele.

— Pour l'instant, c'est elle, la seule femme de ma vie, dit Strega en la désignant avec sa bouteille.

— Hmm. Qu'est-ce qu'elle pense, à ton avis ? demanda Raffaele en fixant les yeux phosphorescents de Sofia.

— Que nous sommes deux idiots.

— Comment lui donner tort ? Écoute, je suis désolé, mais… J'étais désespéré. Je suis désespéré.

— Je m'en suis aperçu, ironisa Vito en se massant la tête encore douloureuse. (Il posa la bouteille glacée sur la blessure et réprima un gémissement.) Qu'est-ce que tu comptes faire, maintenant ?

— Il est évident qu'elle n'est plus amoureuse de moi.

— Tant que tu ne lui as pas posé la question, tu ne peux pas en avoir la certitude.

— C'est ce que tu ferais, toi ? Tu lui poserais la question ?

— Je peux te dire que c'est ce que j'ai fait avec ma femme.

— Et qu'est-ce qu'elle t'a répondu ?

— Elle m'a fait arrêter par les flics. Ça te suffit, comme réponse ?

Ils rirent, regardant un avion fuser dans le ciel.

— Le problème, c'est son travail. Votre travail. C'est comme une barrière entre nous. Elle ne veut pas en parler, moi je ne le comprends sans doute pas, et ça crée de nouveaux problèmes, comme si on n'en avait pas assez.

— C'est un métier difficile.

— Je sais, mais moi c'est elle que j'ai épousée, pas son travail.

— Si tu l'aimes vraiment, tu dois te rendre compte que tu as épousé les deux, au contraire.

— C'est si important que ça pour elle ?

— Elle fait partie de ces flics qui prennent les choses à cœur. Ça n'arrive plus si souvent de nos jours. Quand tu te sens pleinement impliqué, c'est là que tu donnes le meilleur de toi-même, et c'est ce dont cette ville a besoin. De personnes comme elle.

— Ce dont la ville a besoin, j'en ai rien à foutre, Vito. Moi, j'ai besoin de ma femme.

Vito hocha la tête, en se demandant combien de fois Cinzia s'était fait la même réflexion. Pour la première fois, il comprit vraiment à quel point ça avait dû être difficile pour elle d'être avec lui.

Tandis qu'il réfléchissait là-dessus, il entendit des pas dans l'escalier de secours et vit ensuite deux silhouettes qui les rejoignaient sur le toit.

L'une était Jessica.

L'autre était l'objet de ses pensées.

Cinzia, la femme qu'il aimait.

56

Elle avait encore l'impression d'entendre l'écho de cette gifle. Elle ne comprenait pas comment ça avait pu arriver. Elle n'avait jamais été une femme violente ni du genre à perdre son sang-froid. Et pourtant, l'inspectrice avait réussi à la faire sortir de ses gonds. Elle, et ses accusations.

Livia se retourna. Maurizio dormait comme un bienheureux, ignorant son état d'agitation et ses mille pensées qui se bousculaient.

Sans faire de bruit, elle descendit au rez-de-chaussée et se prépara une camomille. Elle savait que Teresa avait utilisé une technique vicieuse avec elle, celle de la culpabilité. Elle avait suggéré que ces meurtres résultaient pour partie de ses atermoiements dans la décision de réintégrer ou non Vito. Livia savait que ce n'était pas vrai, mais l'inspectrice avait réussi son coup, instillant le doute, la faisant culpabiliser, quand bien même sa part rationnelle lui criait le contraire.

Les photos étaient encore là, sur la table basse. Elle n'avait pas réussi à les toucher, comme si le contact physique pouvait convoquer les fantômes et l'horreur de ce meurtre.

C'est ça que tu te coltines au quotidien, Vito Strega ? se demanda-t-elle en cherchant une explication à toute cette violence.

Elle avait beau essayer, elle n'en trouvait aucune, sinon le geste terrible d'un jeune esprit malade. L'inspectrice avait dit qu'il y avait un Marionnettiste derrière ce meurtre, qui n'était que le dernier en date d'une longue série, et que seul Strega pouvait retrouver le vrai coupable.

Enfin, Livia prit son courage à deux mains. Elle saisit les photos, les apporta dans la cuisine et, après avoir les avoir enflammées à l'un des brûleurs de la cuisinière, les laissa se consumer dans l'évier.

En regardant les clichés se contorsionner dans les flammes, elle décida qu'elle prendrait une décision le lendemain, pour le meilleur ou pour le pire.

57

— COMMENT ça se fait que ton nouveau copain t'ait laissée venir ici toute seule ? Il n'a pas peur que je te fasse du mal ?

— Je sais que tu ne porterais jamais la main sur moi.

— Alors pourquoi tu m'as fait arrêter ?

— Pour t'envoyer un signal, te faire comprendre que tu avais dépassé les bornes.

Cinzia lui avait demandé s'ils pouvaient se parler seul à seul. Raffaele congédié, ils étaient accoudés à la balustrade, à contempler la ville, le col de leurs manteaux relevés pour se protéger du froid.

— Tu t'es battu avec Raffaele ?

— Non, c'est lui qui s'est battu avec moi. Je n'ai fait qu'encaisser.

— Toi qui encaisses les coups ? sourit-elle. Je serais prête à payer pour voir ça.

— C'est ce qui s'est passé.

— Pourquoi ?

— Il croyait que j'avais une liaison avec Teresa.

— Ouah ! Et c'est vrai ?

— Devine.

Cinzia sourit.

— Elle a toujours été amoureuse de toi.

— Ce n'est pas vrai.

— Si, mais tu as toujours été trop bête et trop absorbé par ton fichu travail pour le remarquer.

— J'étais amoureux d'une autre, tu sais ce que c'est.

Les bruits de la ville s'interposèrent entre eux.

— Pourquoi es-tu là, Cinzia ?

En regardant son profil parfait découpé par le clair de lune, Vito comprit qu'il ne cesserait jamais de l'aimer.

— C'est qui la petite ? Elle est sympa.

Vito se força à détacher son regard.

— Oui, elle est vraiment super. C'est ma voisine. Elle vit avec sa grand-mère, elles me tiennent compagnie. Tu n'as toujours pas répondu à ma question.

— J'ai reçu de la visite, ce matin.

— Qui ?

— Ta psychologue.

— Quoi ?

Cinzia hocha la tête.

— En personne.

— Merde. Qu'est-ce qu'elle voulait ?

— Parler de toi, évidemment.

— Et tu lui as parlé ?

— Je lui ai dit certaines choses.

Il se frotta la barbe.

— Merde, répéta-t-il. Je suis désolé, elle n'aurait pas dû, elle ne…

— Ce n'est rien. Elle m'a aussi posé des questions sur Jacopo, et sur cette fameuse nuit.

Vito retint sa respiration.

— Et qu'est-ce que tu lui as dit ?

Pour la première fois, elle le regarda dans les yeux.

— Rien.

Il hocha la tête.

— Merci.

— Je ne suis pas venue que pour ça.

Vito haussa les épaules.

— Pour quoi d'autre ?

— Notre histoire, Vito, est terminée. Ce que tu as fait hier ne doit jamais se reproduire. Pour l'instant, c'est mieux qu'on ne se voie plus. Fini les surprises, les planques et les coups de fil, OK ? J'aime un autre homme, tu comprends ? C'est terminé.

— Pourquoi ? se contenta-t-il de demander.

— Il n'y a pas de raison, les choses se terminent, c'est tout.

— Non, ça ne me suffit pas. Dis-moi pourquoi.

— Je viens de te le dire, ne commence pas.

— Si tu ne me donnes pas de vrai motif, je ne pourrai jamais me faire une raison, Cinzia.

— Putain, Vito. Tu vois cette cigarette ? Elle est finie. Pourquoi elle est finie ? Parce qu'il n'y en a plus. Elle avait une durée, et elle est écoulée.

— De qui tu te moques ?

Cinzia éteignit sa cigarette sur le ciment et secoua la tête.

— C'était une erreur de venir.

— Pourquoi ? répéta-t-il.

— Tu veux un conseil ? Peut-être que ce qui t'arrive est une bonne chose. Lâche ce foutu boulot qui te gâche la vie, et change d'air. Fais autre chose. Redeviens psy, ou essaie l'enseignement, tu as toujours été doué pour…

— Pourquoi ?! s'emporta Vito.

Cinzia sursauta et recula.

— Pourquoi ? murmura Vito. Dis-moi seulement pourquoi.

— Parce que je ne t'aime plus.

Il hocha la tête et lui tourna le dos en posant les mains sur la balustrade, voûté comme s'il venait de subir une bastonnade.

— Retourne le voir, dit-il.

Elle hésita, puis elle posa doucement la main sur son dos.

Il se raidit à son contact.

— Il vaut mieux que tu t'en ailles, maintenant.

La main s'écarta.

Il entendit le claquement des talons sur le toit, puis l'écho métallique de ses pas sur l'escalier de secours.

Mais pas ses pleurs.

58

Marina avait vu juste. La femme qui était entrée dans l'immeuble était l'ex-femme de Strega. Elle l'avait reconnue d'après les photos qu'elle avait vues chez lui. Elle se demanda si sa présence allait modifier le cours de la soirée qu'elle avait programmée. Elle espérait que non. Elle avait envie de le revoir et de lui parler. De se sentir attirée et effrayée à la fois par son corps massif, ses yeux mystérieux.

Elle attendit une vingtaine de minutes, en se demandant si leur histoire était vraiment terminée.

Quand elle la vit sortir, haletante, elle se réjouit. Elle eut soudain envie de la voir, de regarder le visage de la femme qui avait partagé dix ans de sa vie avec lui.

Elle descendit de voiture, ouvrit son parapluie et alla à sa rencontre.

Cinzia essayait d'allumer une cigarette. Ses mains tremblaient et les larmes avaient fait couler son maquillage, dessinant sous ses yeux des cercles sombres que la pluie cherchait à effacer.

— Pardon, vous auriez du feu ? demanda Marina, l'arrachant à ses pensées.

Machinalement, Cinzia s'essuya les yeux et hocha la tête avant de lui passer le briquet.

— Mauvaise soirée ? demanda Marina en l'abritant sous son parapluie.

Elle nota que la femme était très belle et sophistiquée, avec le souci du détail. Elle n'en attendait pas moins de Strega.

— Horrible.

— Merci, dit Marina en lui rendant son briquet. Je suis désolée.

— Merci. Bonne soirée.

Marina la regarda marcher sous la pluie et monter dans sa voiture. Quelques secondes plus tard, elle mit le contact et disparut.

Quand, peu après, elle entendit la porte de l'immeuble s'ouvrir derrière elle, elle se tourna lentement.

C'était Vito, serré dans son manteau, les mains enfoncées dans les poches. Il clopinait, tête baissée pour se protéger de la pluie, traînant comme un fardeau son imposante carcasse.

Marina lui sourit, les battements de son cœur s'accélérant à la joie de le revoir.

Il la dépassa sans la voir, rentra dans sa Mini et partit dans la direction opposée à celle qu'avait prise son ex-femme.

Marina demeura pétrifiée sous la pluie. Elle sécha une larme, puis elle courut à sa voiture et le suivit.

59

Raffaele Niro décida de suivre le conseil de Vito : il ne dirait rien à Teresa de cette soirée. Il rentra chez lui, l'appela, mais elle ne répondit pas. Il jeta à la poubelle sa chemise déchirée et prit une longue douche. Il lui envoya un SMS en lui demandant quand elle rentrerait. D'ici une demi-heure, répondit-elle. Il lui prépara le dîner avec plus de soin qu'à l'ordinaire, ressassant les paroles du commissaire.

— Qu'est-ce que je dois faire, à ton avis ? lui avait demandé Raffaele.

— Reste à ses côtés. Ne la force pas. C'est un moment difficile pour elle, mais comme tous les policiers, elle a besoin de quelqu'un qui l'attend à la maison, qui lui sourit. Qui lui rappelle que le monde ne se résume pas à la violence et aux ténèbres qu'elle voit tous les jours au travail. Tu dois lui donner une raison de rentrer tous les soirs. Pour elle, la chaleur de votre foyer doit devenir un besoin physique.

— Ça suffira ?

— Ça, personne ne peut le savoir. Mais si tu l'aimes vraiment, tu dois essayer. Jour après jour.

Raffaele avait décidé d'essayer.

Quand elle arriva, il fit de son mieux pour la mettre à son aise, pour créer une bulle autour d'eux, comme avait dit Strega. Il lui avait préparé un de ses plats préférés et s'était efforcé d'être aux petits soins pour elle et de la faire rire, quand bien même les cernes sous ses yeux indiquaient qu'elle avait passé une journée affreuse.

Plus tard, au lit, il la caressa comme si c'était la première fois. Il lui fit l'amour en pensant seulement à la soustraire à ses fantômes, embrassant et léchant chaque centimètre de sa peau comme il ne l'avait plus fait depuis des années, avec la passion et la douceur de leur adolescence.

Raffaele y mit tout le désespoir de son cœur amoureux.

Mais malgré tous ses efforts, le résultat fut toujours le même.

Dès qu'elle fermait les yeux, elle ne faisait pas l'amour avec son mari.

Mais avec Vito.

60

Il avait juste envie de s'asseoir et de s'enivrer à l'absinthe. De voir Cinzia et le Marionnettiste brûler en même temps que le sucre, de les regarder goutter de la cuillère dans le verre, puis se noyer dans l'eau glacée, se débattre dans le vert émeraude de la liqueur. Et lui avec eux. Jusqu'à se perdre. Jusqu'à ne plus rien sentir.

Il y avait un seul endroit en ville où il pouvait faire ça. Le Belle Jolie.

Il descendit au sous-sol où se trouvait le club privé. Le videur à l'entrée le connaissait et le laissa passer sans problème.

Une fois à l'intérieur, on était propulsé dans le Paris du XIXe siècle. Les murs étaient tapissés de brocard violet et la seule lumière provenait des bougies. Un labyrinthe de compartiments en bois sombre garantissait une intimité absolue aux habitués, qui venaient pour les cocktails réputés, l'atmosphère décadente et les pianistes virtuoses qui jouaient dans l'ombre, presque à l'abri des regards. C'était un des rares clubs privés où l'on pouvait fumer, et les clients ne s'en privaient pas, diffusant un rideau de fumée qui apportait une touche de mystère et de secret à l'établissement.

Sur les étagères et sur les causeuses de style baroque étaient posés de vieux livres, des violons et des dessins d'artistes. Parfois, Strega se réfugiait au Belle Jolie pour le simple plaisir d'être seul et de réfléchir. Boire de l'absinthe et lire quelques pages jaunies par le temps lui permettait de décrocher, de s'exiler de son monde pour penser à ses dossiers.

Mais pas ce soir.

Il claudiqua dans le couloir central, fendant la fumée et évitant les serveuses en robes gothiques sophistiquées. Les compartiments étaient protégés par des rideaux de velours pourpre qui cachaient les clients, qu'ils soient occupés à s'enivrer, à échanger des coups de couteau ou à faire l'amour.

Strega se glissa dans un des derniers compartiments, parmi les plus sombres. Il enleva son manteau et chercha à ne pas penser à Cinzia et aux plaies que ses mots avaient ouvertes.

— Absinthe, n'est-ce pas ? demanda en français une jeune fille qui semblait tout droit sortie d'un tableau de Degas, en posant devant lui un candélabre, le plateau avec l'alcool et les instruments nécessaires à sa préparation.

— Oui, merci, répondit Strega dans la même langue. Double.

— Si vous voulez, je peux vous la faire triple, sourit-elle en posant la cuillère perforée sur le verre.

— Non, merci. Je ne veux pas mourir sur cette banquette.

— Le prix est le même, pour vous.

Strega haussa les épaules.

— Alors tuez-moi.

Elle sourit et commença le rituel de préparation.

Il se perdit dans la flamme violette, qui brûla d'abord le sucre avant d'enflammer le liquide vert, accentuant son aspect trouble.

— Elle est plus sombre que d'habitude, remarqua Strega.

— Elle est spéciale. Plus forte que la normale. On la réserve pour les occasions particulières. Elle s'appelle "le baiser de l'assassin".

— Mais… C'est une occasion particulière ?

— Vu votre mine, oui. Vous avez besoin de compagnie ?

— Voici la seule compagnie dont j'aie besoin, dit-il en désignant l'absinthe.

La fille sourit et s'en alla, laissant la bouteille sans étiquette et les instruments sur la table. Elle ferma les rideaux, l'isolant du reste du club.

En arrière-fond, on entendait la douce complainte du piano. Mais elle était couverte par le chant des innocents qui hurlaient désespérément dans sa tête.

Avec le premier verre, il chercha à mettre en sourdine ce chœur déchirant.

Au deuxième, les voix étaient beaucoup moins intenses.

Le troisième effaça presque la pensée du Marionnettiste.

Le quatrième essaya de chasser la pensée de Cinzia.

Il n'y parvint pas.

Le cinquième, le sixième et le septième s'y essayèrent à leur tour.

En vain.

Enfin, le huitième lui fit perdre connaissance.

61

L'ENVIE lui était revenue. Irrépressible. Dévorante. Et c'était lui qui en était responsable. La proximité avec lui. Le jeu de la proie et du chasseur.

Elle savait que c'était mal. Elle s'était promis de faire attention, de réprimer ses instincts. Raison pour laquelle elle avait dû changer de ville.

Mais elle n'avait pas su résister.

Vito Strega avait réveillé son appétit. Et elle avait encore fait la *vilaine fille*.

L'aube approchait. Elle devait se dépêcher.

Marina descendit de voiture et regarda autour d'elle. Les bois étaient enveloppés d'une brume impénétrable. Elle sourit. C'était précisément ce dont elle avait besoin.

Elle ouvrit le coffre de la voiture et contempla l'homme. Ou plutôt ce qu'il en restait. Elle l'avait drogué après le sexe, lui faisant perdre connaissance sur le siège arrière. Puis, protégée par les vitres teintées, elle l'avait tué.

Elle tira le cadavre par un bras jusqu'à le faire glisser au sol. Elle le déshabilla et le laissa nu sur le terreau humide.

En l'observant, elle se dit qu'il n'était pas tout à fait son genre : elle les aimait plus maigres et délicats, presque éphèbes, mais elle avait dû s'en contenter.

Maintenant, fais quelque chose de sensé, efface tes traces et va-t'en… Plus tu restes ici, plus tu risques de te faire prendre, se dit-elle. Mais elle ne réussit pas à bouger d'un pouce, à la fois tétanisée et émoustillée devant le corps.

Son œuvre avait comme un goût d'inachevé.

Sans qu'elle puisse les arrêter, ses mains récupérèrent son sac, fouillèrent dedans et en sortirent un bâton de rouge à lèvres. Elle lissa la pointe sur ses vêtements, puis elle se pencha sur le cadavre et le lui passa sur les lèvres, le maquillant comme une poupée. Elle le fit sans respirer, retenant ses frissons et son excitation. À cet instant, elle aurait donné n'importe quoi pour une perruque blonde, des paillettes pour les yeux, du fard, des bijoux et du…

Ne dis bas de bêtises ! Tu en as déjà fait assez. File, avant qu'il soit trop tard.

Marina parvint à grand-peine à retrouver son sang-froid et à se contenir.

Elle savait effacer ses traces, et le fit en un rien de temps, comme elle s'y était entraînée.

Elle lança un dernier regard alangui au corps par terre, puis elle monta dans sa voiture et s'éloigna, phares éteints.

Tandis qu'elle laissait la forêt derrière elle, ses lèvres s'étirèrent en un sourire lumineux. L'adrénaline coulait à flots dans ses veines. La sensation de toute-puissance que lui avait apportée le meurtre lui procurait un bien-être indescriptible.

Tu as fini par rechuter… se dit-elle en parcourant des routes de campagne où elle avait l'intention de se débarrasser de la voiture.

Mais c'est uniquement ta faute, Vito Strega… Uniquement ta faute.

62

Ce fut Sofia qui le réveilla avec ses coups de langue. Malgré les rideaux, le soleil perçait dans la mansarde.

Il était étendu sur le canapé. Pas la moindre idée de comment il était arrivé là.

Il avait la tête qui tournait et les vêtements qui sentaient l'anis.

— Merci, petite, dit-il en caressant le pelage noir de la chatte, qui lui glissa entre les doigts comme une ombre.

Strega essaya de se lever, mais il retomba sur le canapé : sa jambe droite n'avait pas la force de le soutenir.

Son dernier souvenir était le "baiser de l'assassin" au Belle Jolie. Ensuite, plus rien. Il avait dû en boire une sacrée quantité pour se retrouver dans cet état.

À sa deuxième tentative de se lever, il remarqua un mot écrit à la main sur la table basse, replié sous ses clés de voiture et son portefeuille. Il le prit. Ce n'était pas son écriture, mais celle délicate d'une main féminine.

> Tu étais trop bourré pour conduire. La Mini est là où tu l'avais garée, devant le Belle Jolie. De l'absinthe ?

Sérieusement ? Un policier hanté par la fée verte ? Ça me plaît... Très bohème, très décadent. Comme toi, d'ailleurs. À bientôt, j'espère.

Le billet n'était pas signé. Strega se demanda qui l'avait rédigé. Ce n'était pas l'écriture de Teresa. La dernière femme dont il se souvenait était la jeune serveuse. Mais il la connaissait à peine, pas suffisamment pour qu'elle le raccompagne chez lui.

Mais qui, alors ? se demanda-t-il en relisant le billet.

63

Il prit un taxi pour récupérer la Mini. Il avait trop mal à la jambe pour y aller à pied. Avant de regagner sa voiture, il s'approcha de l'escalier qui descendait au sous-sol, mais la grille noire était cadenassée. Le Belle Jolie n'ouvrait jamais avant minuit. Il allait devoir attendre jusque-là pour obtenir des réponses sur la nuit passée.

Il grimpa dans sa voiture et roula jusqu'au cabinet de la psychologue.

Quand il entra, la secrétaire essaya de l'arrêter, mais Strega l'ignora, ouvrant la porte du cabinet à la volée.

— Mais qu'est-ce que…

— Dehors, dit Strega au patient entre deux âges en consultation avec Livia Salerno, qui se leva d'un bond, rouge de colère.

— Comment osez-vous ? Sortez tout de suite !

Strega éclata de rire.

— Comment j'ose, moi ? C'est la meilleure, ça. Alors ? Toujours là ? Allez, ouste, dit-il au patient.

L'homme obéit, effrayé par la stature du policier et par sa véhémence.

— Je vous prie de m'excuser, monsieur Melampo, je suis mortifiée. Je vous contacte dès que…

— Merci, au revoir, mon vieux, dit Strega en tapant dans le dos du pauvre malheureux et en lui fermant la porte au nez.

— Vous interrogez sa femme, à lui aussi ?

— Vous avez perdu la tête !

— Asseyez-vous, dit Strega.

Ce n'était pas une invitation.

— Où vous croyez-v…

D'un geste brusque, Strega jeta à terre tous les documents et les babioles sur le bureau, faisant sursauter la psychologue.

— Asseyez-vous, j'ai dit.

En croisant son regard, Livia eut peur de ses yeux. Elle obéit.

Étouffant un gémissement de douleur, Strega s'assit en face d'elle.

— Ma femme… Pourquoi vous l'avez mêlée à tout ça, bon sang ? Ce qui se passe ici, c'est une affaire entre vous et moi, et personne d'autre, dit Strega, retenant la colère qui montait en lui.

— Ma secrétaire… Si vous ne me laissez pas sortir, elle appellera la police, si elle ne l'a pas encore fait.

— Ne vous avisez pas d'impliquer qui que ce soit parmi mes proches, c'est clair ?

— Je vous ai dit que…

La claque qu'il donna sur le bureau lui fit l'effet d'un coup de feu. Livia bondit en arrière, presque rassurée qu'il ne l'ait pas touchée.

— Personne ! Je me suis bien fait comprendre ?

La psychologue acquiesça.

Strega prit appui sur les accoudoirs pour se lever.

— Après ça, vous pouvez dire adieu à votre travail.

Vito Strega se tourna lentement, lui lança un regard méprisant, et quitta la pièce.

64

Certains policiers ne vont pas à l'enterrement des victimes. Certains s'en fichent. D'autres n'ont pas le temps. D'autres encore n'y vont pas pour éviter d'être influencés. Il ne doit pas exister de relation personnelle entre victime et enquêteur. Pour eux, il est nécessaire de maintenir une distance afin de pouvoir travailler avec sang-froid, sans se laisser emporter par les émotions. Les émotions sont trompeuses, elles altèrent le jugement. Et peuvent ainsi entraver la résolution d'une affaire.

Vito Strega n'appartenait à aucune de ces catégories. Depuis qu'il avait intégré la section homicides, il n'avait jamais manqué l'enterrement d'une seule de *ses* victimes. Pour lui, il était nécessaire que l'affaire devienne personnelle. Il avait besoin de la colère et de la douleur. C'était en elles qu'il puisait la force et la motivation pour se consacrer à l'enquête corps et âme, comme si le tueur l'avait atteint personnellement. Comme s'il lui avait enlevé un être cher.

Cette fois, en revanche, c'était différent. Peut-être qu'il ne serait plus jamais policier, pour commencer. Mais ce n'était pas seulement ça. Il avait beau y avoir des assassins et des morts, tous étaient des victimes à ses yeux. Victimes de la colère et de la haine de quelqu'un qui restait tapi dans l'ombre.

Aux obsèques de Rosaria Palazzolo, la jeune fille que Michela avait tuée par jalousie, il y avait foule. Des camarades de classe, des enseignants, des membres de la famille et beaucoup d'inconnus venus simplement témoigner que le monde ne tournait vraiment plus rond si une jeune fille de treize ans pouvait tuer une camarade comme ça, gratuitement.

Strega assista à la cérémonie dans les derniers rangs. Il fit siens les pleurs et les cris des parents. Il grava dans son esprit l'image de la petite sœur de six ans de Rosaria qui posait un lys sur le cercueil en essuyant ses larmes.

Comme toujours, en éprouvant la douleur de la perte, il sentit monter en lui la culpabilité, comme s'il avait eu une responsabilité dans ce meurtre, ou mieux, dans le fait de le laisser impuni. C'était idiot, mais c'était ce qu'il ressentait.

Il serra les poings de rage, sentant ses articulations craquer. À cet instant, il sentit une main se poser sur son bras. Il se tourna. C'était grand-mère Ada.

— Qu'est-ce que tu fais ici ? demanda-t-il à voix basse.

— Je savais que tu serais là, je ne voulais pas te laisser seul.

Bien que minuscule à côté de lui, elle avait le port altier et la majesté d'une reine.

— Merci, dit-il en lui caressant le dos.

— Pauvre petite.

— Tu l'as dit.

Ils restèrent ainsi côte à côte, tels une mère et son fils, jusqu'à la fin de la messe. Alors qu'ils s'apprêtaient à partir, Strega remarqua une personne qui sortait de l'église.

— Ada, attends-moi une seconde… Je dois saluer quelqu'un.

— Vas-y, je t'attends ici, dit-elle en s'asseyant sur un banc et en tirant un rosaire de son sac à main.

Strega rejoignit une femme et lui effleura le bras. Elle fit volte-face. Il l'avait reconnue malgré ses lunettes de soleil. C'était la mère de Michela, la meurtrière de la jeune fille que l'on pleurait à l'église.

— Ah, commissaire.

— Bonjour, madame.

— Ça… Ça vous embête si on s'éloigne un peu ? demanda-t-elle, mal à l'aise, en regardant autour d'elle.

— Bien sûr que non.

Elle alluma une cigarette et ils marchèrent en silence. Au bout de quelques dizaines de mètres, ils s'arrêtèrent, gênés.

— Je sais que je n'aurais sans doute pas dû venir, mais… Je voulais prier pour elle.

— C'est une très belle intention, au contraire… Comment allez-vous ?

La femme secoua la tête sans rien ajouter. Strega remarqua qu'elle avait encore maigri par rapport à la dernière fois.

— Je suis désolé, dit-il.

Il n'arrivait pas à trouver d'autres mots.

— Plus j'y pense et plus j'ai de mal à comprendre comment elle a pu faire une chose pareille. Voir pleurer et crier cette pauvre mère, mon Dieu… Dites-moi que vous avez du nouveau sur cette personne.

Vito s'étrangla et secoua la tête.

— Non, hélas.

Une larme coula sur le visage de la femme, qu'elle s'empressa de sécher.

— Désolée. Merci pour ce que vous faites, dit-elle avant de s'en aller.

— Madame ! lança-t-il en la rejoignant. Je le trouverai. Je vous jure que je le trouverai.

— Vous êtes quelqu'un de bien. Merci.

La femme monta dans sa voiture et Strega la regarda partir, retrouvant chez elle la douleur qu'il avait perçue chez la mère de Rosaria.

La douleur d'une mère qui a perdu sa fille pour toujours.

65

Le commissaire en chef Antonio Iovine était un animal d'intérieur. Il s'éloignait rarement de son bureau. Les fois où Teresa l'avait vu sur une scène de crime pouvaient se compter sur les doigts d'une main. Iovine ne faisait jamais rien de manière désintéressée. Aussi Teresa présuma-t-elle, en le voyant crier des ordres aux hommes de la scientifique, que pour l'arracher à son bureau et le traîner en pleine cambrousse à crotter ses chaussures, ce meurtre devait avoir quelque chose de très particulier.

— Brusca, c'est pas trop tôt. Ça fait une heure que je t'attends, dit-il.

— J'étais en train d'interroger les membres de la famille de…

— Oublie ça. Viens, il faut que je te briefe. Montrez-nous le corps, ordonna-t-il aux agents occupés à effectuer des prélèvements.

Ils soulevèrent la bâche en plastique. Il s'agissait d'un homme maigre d'une trentaine d'années, complètement nu. Il portait du rouge vif sur les lèvres, qui lui donnait un air spectral.

— Ça te rappelle quelque chose ? ricana Iovine.

— Franchement, non.

— Je m'en doutais. Il y a un an, trois meurtres à environ mille kilomètres d'ici, dit-il en lui passant un dossier. Tous des hommes jeunes, maximum trente ans. Tous nus. Tous morts par asphyxie. Et tous maquillés avec du rouge à lèvres, des perruques blondes, etc. On l'appelait "l'assassin des Barbies".

— Oui, ça y est, ça me revient. Mais celui-là n'a pas…

— Je sais. Pas de perruque, pas d'yeux de poupée. Mais pour le reste, ça correspond à son *modus operandi*, non ?

Teresa se souvenait de cette série de meurtres. À l'époque, cela faisait longtemps qu'on ne parlait plus de serial killer, et pendant plusieurs mois tous les journaux télévisés et les magazines d'investigation avaient couvert cette affaire. Jusqu'à ce que les meurtres s'arrêtent et qu'on oublie l'assassin, chassé dans l'imaginaire populaire par d'autres crimes retentissants.

— Oui, il a pu être interrompu, admit Teresa. Ou bien il s'agit d'un imitateur, ou de quelqu'un qui veut lui mettre le meurtre sur le dos, pour se couvrir…

— Pour moi, c'est lui, dit Iovine, en plissant ses yeux comme deux fentes, comme s'il savourait d'avance la popularité que pourrait lui apporter cette affaire.

Teresa haussa les épaules.

— Si c'est lui, je suis convaincue que vous l'arrêterez, dit-elle avec une ironie mal dissimulée.

— Pas moi, *nous*, sourit Iovine.

— Non, moi je suis affectée à un autre dossier, les meurtres des…

— Plus maintenant. À partir d'aujourd'hui, tu travailles à temps plein sur ce dossier. Palamara a déjà été informé et m'a donné son feu vert.

— Mais…

— Il n'y a pas de mais. Nous sommes à court de personnel, tu le sais mieux que moi. Je ne peux pas me permettre de consacrer plus de ressources à ces enquêtes, qui devraient déjà être classées. Putain, Brusca, tu as des victimes, des coupables, des mobiles et cent mille preuves qui les incriminent. Pourquoi elles ne sont toujours pas classées, d'ailleurs ? Il n'y a pas de Marionnettiste, on va arrêter avec ces conneries. Donc tu oublies ça et tu te concentres sur cette affaire.

— Non, chef, je suis sûre que…

— Je ne veux plus rien entendre. Bon, la scientifique n'a rien trouvé : ni empreintes ni traces organiques, pas la moindre putain de preuve, et ça fait un autre point commun avec les autres crimes. Ça, plus le fait que le meurtre a eu lieu dans un autre endroit que celui où on a découvert le corps.

Teresa eut le plus grand mal à ne pas lui rire au nez : Iovine qui jouait les *profilers* du FBI, ça aurait été tordant, s'il n'y avait pas eu le cadavre au sol.

— Prends contact avec les collègues qui ont suivi l'affaire précédente, peut-être qu'ils te fileront des tuyaux.

— Chef, je ne peux pas abandonner ce que…

— Encore ?

— Il m'avait dit trois jours, putain !

— Et alors ? Comme il te les a donnés, il te les a repris. Trouve-moi ce meurtrier.

66

IL y avait un élément qu'il n'arrivait pas à saisir. Là, quelque part dans sa tête, couvert par le chant des victimes. Il avait beau se creuser la cervelle, c'était peine perdue. Un détail, une preuve, une image, une bribe de conversation, il ne savait pas lui-même de quoi il s'agissait.

C'était la raison de sa présence. Après le message de Teresa le prévenant qu'elle avait été affectée à une autre affaire, Strega avait compris que personne d'autre ne s'occuperait des adolescents et du Marionnettiste.

Personne, à part lui. Parce qu'il l'avait promis à cette femme. Et parce qu'il sentait qu'il avait raison : il y avait dans la nature quelqu'un qui façonnait des assassins en herbe. Quelqu'un qui aurait désormais le champ libre.

Conscient qu'il enfreignait les règles du bon sens et du Code pénal, Vito Strega entra dans les locaux de la section des crimes contre les personnes et se dirigea à toute allure vers le bureau de Teresa. Il sentait que ses anciens collègues le suivaient des yeux en se donnant de petits coups de coude, mais il ne croisa pas leur regard. Il devait se dépêcher : prendre ce dont il avait besoin, et s'en aller avant que quelqu'un ne donne l'alarme.

Arrivé à la porte, il saisit la poignée et essaya d'entrer.

Elle était fermée à clé.

Merde !

Il tenta de frapper, mais plus pour la forme qu'autre chose. Il savait que Teresa n'était pas là.

Strega revint sur ses pas, le moral en berne.

Avant d'atteindre le couloir qui le conduirait aux ascenseurs, il se remémora les yeux tristes de la mère de Michela.

“Vous êtes quelqu'un de bien”, lui avait-elle dit.

Et toi, tu lui as promis que tu le retrouverais quoi qu'il en coûte, se dit-il en s'arrêtant.

Maudissant sa conscience, Vito Strega retourna devant la porte de Teresa. Elle était vieille et mal en point, comme le reste du bâtiment. Il la défonça d'un coup d'épaule rageur, qui fit se retourner plusieurs collègues. Du coin de l'œil, Strega les vit sortir des téléphones et composer des numéros.

Il devait faire vite.

Il entra et chercha les dossiers de Teresa avec les preuves, les photos, les notes, et tout ce que son amie avait rassemblé au cours de la semaine. Il prit le tout et sortit.

Il marcha la tête haute dans le silence général, les documents serrés dans sa main, conscient qu'après cette effraction et la scène avec Livia Salerno, il n'emprunterait plus jamais ce couloir en tant que policier.

Aucun de ses collègues n'osa prononcer un mot, intimidés qu'ils étaient par sa corpulence et son regard déterminé.

Alors qu'il s'apprêtait à prendre l'escalier, il vit un groupe de collègues que tout le monde évitait comme la peste. Il fit demi-tour, optant pour l'ascenseur. Il appuya sur le bouton et laissa échapper un soupir de soulagement : il avait réussi.

Quand les portes s'ouvrirent, il se trouva nez à nez avec le vice-questeur Pierluigi Palamara.

Son supérieur le fixa droit dans les yeux, puis il avisa les documents qu'il tenait dans sa main. Il releva la tête, soutenant le regard de Strega pendant des secondes qui lui semblèrent des heures.

— Alors, vous ne me dites même plus bonjour, Strega ?

Il le tutoyait rarement lorsqu'ils étaient en public.

— Bonsoir, chef.

Les yeux du vice-questeur se reportèrent sur les documents, qui paraissaient peser une tonne. Nombre d'entre eux avaient été signés par le questeur en personne.

Palamara hocha la tête, puis il sortit de l'ascenseur en lui laissant la place.

— Bonsoir à vous, dit-il en marchant vers son bureau.

Strega entra dans l'ascenseur et appuya sur le bouton du rez-de-chaussée.

Arrivé en bas, il recommença à respirer, les lèvres étirées en un large sourire.

67

IL y avait tant de choses qu'elle ne lui avait pas dites. Mais une en particulier la taraudait. Celle qu'elle avait juré à Vito de ne révéler à personne. Son secret le plus profond et le plus douloureux. Celui qui faisait de lui le type d'homme qu'il était.

Cinzia Purgatori contemplait la ville depuis son balcon. La fumée de sa cigarette se perdait dans le noir et ses pensées dans la conversation qu'elle avait eue avec la psychologue.

Elle aspira une longue bouffée, savourant la chaleur dans sa bouche. Il allait encore falloir arrêter, se dit-elle.

Il y a beaucoup de choses que tu devrais arrêter. Comme de penser à lui et à ses histoires, par exemple.

Mais même si elle l'avait voulu, elle était trop impliquée pour rester complètement en dehors de tout ça. Elle avait été son épouse, et c'était difficile à effacer. Surtout parce qu'elle n'en avait aucunement l'intention.

Elle regarda l'intérieur de sa maison à travers la baie vitrée et vit Stefano occupé à préparer le repas. C'était un homme très affectueux et attentionné. Il essayait de la rendre heureuse par tous les moyens. Elle avait eu de la chance de le trouver. De trouver quelqu'un capable de reléguer au second plan un homme comme Vito, avec toute sa complexité et ses problèmes.

Stefano s'était montré très compréhensif avec elle et avec son mariage : peu d'hommes auraient supporté ce qu'il avait toléré.

C'est pour ça que tu dois retourner lui parler. Tu dois le lui dire. Pour Vito. Tu le lui dois. C'est la dernière chose que tu feras pour lui, et ensuite tu pourras vivre ta vie tranquillement et profiter de ton nouvel homme. Mais Vito… Tu ne peux pas l'abandonner comme ça. Elle *doit* savoir, elle doit comprendre pourquoi.

Elle se remit à contempler les lumières de la ville. D'ici quelques jours, ce serait Noël. Le premier qu'elle passerait sans lui.

Avec qui le fêtera-t-il ? Seul, probablement, pensa-t-elle.

— Arrête, dit-elle à voix haute, éteignant sa cigarette. Ce n'est plus ton problème.

68

C'ÉTAIT son problème. Les cadavres au sol, les lacérations, la brutalité des coups de couteau qui avaient profané la peau, tout était comme une partie de lui. Il était immergé dedans. Le mal s'insinuait dans toutes les fibres de son être, se mêlait à son sang. Il percevait la douleur et le désespoir des victimes, et leur chant, dans son esprit, formait désormais un chœur assourdissant.

Sofia sautait d'une photo à l'autre, les reniflait et les léchait, comme si c'était un jeu.

Vito les avait disposées au sol tout autour de lui. Entouré de ces instantanés de mort et du visage des assassins, il espérait trouver la connexion que son esprit brûlait de découvrir. C'était là, dans les images des corps et dans les yeux des adolescents, il en était convaincu. Mais il avait beau s'escrimer, et cela faisait des heures qu'il examinait les photos, il en était encore au point de départ.

John Coltrane tournait sur la platine, et les flammes des bougies posées à côté des photos semblaient danser lentement au son mélancolique du saxophone.

Les mains enfoncées dans les poches de son pantalon, les yeux rouges à force de chercher, l'estomac noué par la violence des images, Vito Strega refusait de capituler. Il ne pouvait pas. Il l'avait promis.

Sofia se frotta contre son pantalon, comme si elle le suppliait d'arrêter, de s'accorder un répit.

Vito se pencha et la caressa, mais ses yeux étaient toujours rivés aux photos.

— Où est-ce que je me trompe, petite ? demanda-t-il à voix haute. Qui es-tu ? Et qu'est-ce que tu as dans la tête, enfoiré ?

Mais la question qu'il aurait dû se poser était tout autre, il le savait.

Et après quelques secondes, il trouva le courage de la formuler.

— Qui sera le prochain ?

69

Je vous hais tous, vous êtes faux, vous êtes des zombies, vous êtes des vampires qui me sucez le sang. Je vous hais, vous me regardez comme si j'étais malade, comme si j'étais contagieux. Vous aviez raison sur une chose : je ne suis pas comme vous ! Regarde-les maintenant, regarde le mépris dans leurs yeux. C'est à cause des cheveux violets ou de la crête ? Ou à cause de mes T-shirts de métal, des chaînes et des clous ? Sales fils de putes, je vous hais. Voici votre temple, le culte de votre religion : tout a un prix, tout a une étiquette, vous aussi, c'est juste que vous ne la voyez pas, et votre étiquette comporte aussi une date de péremption. Et cette date, c'est aujourd'hui. Profitez de ces derniers instants, profitez de vos achats, de vos sourires factices, de votre hypocrisie et de votre bonheur en toc. Je suis celui qui va vous faire péter la vérité au visage, qui va vous réveiller de vos rêves médiocres. Tenez, vous l'entendez ? Le réveil sonne, c'est mon moment. Je vous hais tous, et vous allez comprendre à quel point.

70

QUAND le réveil cessa de sonner, il y avait neuf personnes à terre.

Six blessées.

Trois mortes.

Le jeune garçon qui avait sorti de sa veste un pistolet semi-automatique, ouvrant le feu au hasard à l'intérieur du centre commercial, regardait autour de lui en riant, comme en transe. Pendant toute la fusillade, qui avait commencé à la sonnerie du réveil de son portable, il avait pressé la détente frénétiquement, comme dans un jeu vidéo, même si c'était la première fois qu'il tirait et que le pistolet volé à son père était trop lourd pour ses avant-bras anorexiques.

— Bande de déchets, dit-il en admirant les cadavres avec extase.

Les yeux exorbités, le pistolet encore serré dans le poing.

— Essayez de rire maintenant ! Allez ! Riez ! Riez, bande de connards !

Il leva les bras comme s'il avait marqué un but et tournoya sur place comme s'il savourait les applaudissements d'un stade imaginaire.

Il sera fier de moi, pensa-t-il en souriant. Obligé.

Ce fut sa dernière pensée.

Parce qu'une seconde plus tard, le vigile Mauro Boasso, sur qui l'adolescent avait tiré en premier, dans le dos, dégaina son arme et fit feu, lui transperçant la tête.

Le corps de l'assassin s'effondra au sol, et ses chaînes tintèrent pour la dernière fois.

— Petite merde, dit le vigile en baissant son pistolet, avant de s'évanouir.

71

QUAND Strega vit son nom s'afficher sur l'écran du téléphone, il pensa qu'elle l'appelait pour lui annoncer officiellement qu'il pouvait dire adieu à son insigne.

Inutile de se voiler la face. Il savait bien que ça lui pendait au nez. Il prit une grande inspiration et répondit.

— Oui ?

— Le gamin du centre commercial… Lui aussi, il fait partie de la bande ? demanda Livia Salerno.

— Pardon ? Je ne comprends pas.

— Celui qui vient de commettre un attentat, vous pensez qu'il fait partie de la bande ?

— Je ne sais pas de quoi vous parlez.

— Allumez la télévision, c'est sur tous les JT. Je reste en ligne.

Strega posa son téléphone sur une étagère et alluma un vieux téléviseur.

La psychologue avait raison : l'attentat était sur toutes les chaînes. Cinq blessés, quatre morts, plus l'adolescent qui avait commis le massacre. Ironie du sort, disait le journaliste, l'homme qui avait mis fin à cette folie était vigile, comme le père du tueur, Igor Valenti, à qui ce dernier avait volé le pistolet. Le vigile était mort sur le trajet de l'hôpital.

— Mon Dieu, soupira Strega en observant sur l'écran les corps par terre et les quelques photos d'Igor.

Il n'avait que quatorze ans.

Strega changea de chaîne. Un des enseignants du garçon était interrogé. Le profil qu'il en dressait était celui de quelqu'un de très introverti, solitaire et taciturne, typique de l'adolescent renfermé sur lui-même. Comme tous les autres avant lui.

— Allô ? dit Strega en récupérant son téléphone.

— C'est un des leurs ?

— Je ne sais pas, c'est possible. D'après le peu que j'ai entendu, son profil correspond aux autres, oui.

— Mon Dieu…

— Pourquoi m'avez-vous appelé ? demanda-t-il.

— Je… Je ne le sais pas moi-même.

— OK.

— Désolée de vous avoir dérangé… Je n'aurais sans doute pas dû, mais…

— Aucun problème.

— Qu'est-ce que vous comptez faire ?

Strega regarda les photos des victimes par terre. Il avait presque l'impression d'entendre leurs gémissements implorants.

— Je ne sais pas.

— Moi non plus, dit-elle.

Puis elle raccrocha.

72

Les images des cadavres accaparaient ses pensées. Les corps du centre commercial et celui, martyrisé, de sa consœur. Heureusement, l'inspectrice ne lui avait pas montré les photos des autres victimes, parce qu'il y avait de quoi devenir folle.

Comment peut-on faire ce métier et garder un tant soit peu de lucidité mentale ? se demandait Livia Salerno. C'est contre-nature, perturbant… C'est inhumain.

Elle éteignit la télé, fatiguée d'entendre toutes ces théories alambiquées sur l'auteur de la tuerie. Ils avaient beau jeu de parler après coup. Mais personne ne l'avait écouté en amont. Personne n'avait prêté attention à sa colère et à sa haine pour essayer de l'aider. Ils étaient tous là à le juger, mais c'était leur silence, leur indifférence, qui avaient engendré ce monstre.

Ou peut-être que quelqu'un l'avait écouté – comme le soutenait Strega –, mais au lieu d'apaiser sa haine, il l'avait attisée, modelée, il avait aidé le garçon à l'extérioriser de la manière la plus sanglante possible.

Un peu plus tôt, elle avait reçu un appel du président de la commission disciplinaire qui suivait le dossier du commissaire. Il l'avait mis sous pression, en lui disant qu'il avait besoin d'une réponse pour le lendemain au plus tard ; au vu des derniers événements, la section à laquelle appartenait Strega avait besoin de tous les hommes disponibles. Si le commissaire n'était pas prêt pour une réintégration, il fallait le lui signifier officiellement afin de permettre à ses supérieurs de le remplacer par des éléments plus adaptés.

Livia lui avait promis une réponse pour le lendemain.

Elle avait l'intention de dire non. D'exprimer son opposition à sa réintégration. Vito Strega n'était pas dans les bonnes conditions psychologiques pour effectuer ce métier, elle en avait la conviction. Son humeur était trop instable. Sa colère, incontrôlable. Il avait besoin de temps pour retrouver la paix et l'équilibre nécessaires à un enquêteur de la section homicides. Elle en était désolée, parce qu'elle sentait qu'au-delà de tout ça, c'était un homme bien et un excellent policier. Mais il n'était pas prêt.

Elle se dirigea vers son cabinet, décidée à mettre de l'ordre dans ses notes et à rédiger un rapport sur Strega, quand son téléphone sonna.

Le numéro ne lui était pas inconnu, mais elle ne l'avait enregistré sous aucun nom.

— Allô ?

— Je suis désolée de vous déranger sur ce numéro. J'imagine que c'est votre ligne privée, mais…

— Pardon, qui est à l'appareil ? demanda Livia.

La voix lui était familière.

— Cinzia Purgatori, la femme de Vito.

— Ah, bonsoir madame. Tout va bien ?

— Oui, je… Je vais bien. Je voulais juste vous dire certaines choses sur Vito. Des choses personnelles, et…

— Je comprends. Mais ce n'est vraiment plus nécessaire. J'ai terminé mon expertise, et j'ai déjà pris ma décision.

— Vous ne le réintégrez pas, n'est-ce pas ?

Livia se demanda quoi répondre. Elle décida de lui dire la vérité. Après tout, ça ne changeait rien.

— Non. Le commissaire n'est pas prêt pour retourner au travail, je suis désolée.

Cinzia garda le silence quelques secondes.

— Je comprends, dit-elle enfin. Je vous demande juste une faveur. Je sais que vous avez déjà pris votre décision, mais je voudrais vous parler en personne. J'ai besoin de vous dire certaines choses. L'autre jour, j'ai choisi de ne pas vous les raconter. J'aurais dû, mais je ne l'ai pas fait. Et vous… Vous devez savoir.

Livia réfléchit.

— S'il vous plaît, c'est important.

— J'ai… Oh, et puis zut. Très bien. Quand ?

— Maintenant ? Je sais qu'il est tard, mais…

— Aucun problème. Au bar de l'autre jour ?

— Parfait.

— Dans une demi-heure ?

— Dans une demi-heure.

Livia fit demi-tour pour aller au lieu de rendez-vous. Elle avait hâte de connaître la vérité sur la mort du collègue de Vito Strega. Tout en la redoutant.

73

MILLE pensées encombraient son esprit. L'adieu douloureux de Cinzia, l'affaire du Marionnettiste, l'épée de Damoclès de sa réintégration et le mystère autour de la femme qui l'avait raccompagné chez lui la veille.

Vito Strega observait la ville depuis le toit avec Sofia dans les bras.

Mais parmi ces mille pensées, il y en avait une qu'il n'arrivait pas à saisir, qui lui glissait entre les doigts comme un serpent insaisissable. Il savait que c'était une intuition. Quelque chose lié à l'affaire des adolescents. Mais plus il s'efforçait de la faire remonter à la surface de sa conscience, puis elle lui échappait.

Il entendit des pas dans l'escalier de secours, puis, une minute plus tard, une voix dans son dos.

— Tu as entendu, pour l'attentat ? demanda Jessica avant d'allumer une cigarette.

— Oui. Sale histoire, hein ?

— Je le connaissais.

Vito se tourna d'un coup.

— Tu le connaissais ?

Elle acquiesça, les yeux rivés au sol.

— Oui, il était dans mon collège.

— Igor, tu veux dire, celui qui…

— Celui qui a tiré, oui.

— Je suis désolé.

— Je n'arrive pas à y croire. Ça m'est arrivé de fumer avec lui deux ou trois fois, je lui tapais des clopes, ou l'inverse.

Comme si elle avait tout compris et qu'elle voulait la consoler, Sofia se dégagea des grandes mains de Strega et courut se frotter contre les jambes de Jessica, qui se pencha et la prit dans ses bras.

— Grand-mère m'a dit que tu t'occupais de l'affaire des enfants tueurs.

— Pas exactement, mais… Disons que oui.

— Et lui, il a un rapport avec eux ?

— Je ne sais pas, peut-être.

— Tu crois… Tu crois que j'aurais dû me rendre compte que quelque chose ne tournait pas rond chez lui ?

— Non. C'est impossible de détecter ces choses-là. On les garde au fond de soi, ce n'est pas évident de sonder l'intimité des gens.

— Je suis désolée, je ne comprends pas pourquoi il a fait ça.

— Moi non plus. Tu sais s'il fréquentait quelqu'un en particulier ? Un adulte, quelqu'un qui venait le chercher, ce genre de chose ? Un prof avec qui il était en confiance ?

Jessica secoua la tête, continuant à caresser Sofia.

— Est-ce qu'il y avait quelque chose de particulier chez lui, à part ses vêtements ? Quelque chose d'étrange ?

— C'était quelqu'un de très seul et de très silencieux. Mais comme la majorité des ados, non ?

— En effet. Viens là.

La jeune fille s'approcha et il la serra contre lui. Ils contemplèrent ensemble la ville plongée dans la nuit, chacun perdu dans ses pensées.

— Tu as l'air très triste.

— Je le suis, dit-il.

— Pourquoi ?

— Plein de choses… C'est compliqué, la vie des adultes.

— C'est pour ça que je ne veux pas grandir. Je veux être comme Dorian Gray.

Il lui ébouriffa les cheveux.

— Tu es sûre que ce serait une bonne idée ? Chaque chose a un prix, mademoiselle, ne l'oublie pas.

— À propos, pour le réveillon de Noël, toi et Sofia vous venez dîner à la maison, OK ?

— Mais…

— Pas de mais.

— À vos ordres.

— Bien.

Ils restèrent enlacés encore quelques instants, puis Jessica sembla tressaillir.

— Qu'est-ce qu'il y a ? demanda Strega.

— Maintenant que j'y pense, il y avait bien un truc que faisait Igor. Je ne sais pas si c'est étrange ou pas, mais…

— Quoi ?

— Un journal. Il tenait un journal intime. Il ne s'en séparait jamais. Tu trouveras peut-être quelque chose dedans. Il dessinait et il écrivait dedans comme un acharné. Ça pourrait t'être utile ?

Vito sentit un frisson électrique le long de son échine.

— Oui, répondit-il en la serrant de plus belle, tandis que se formait une question dans son esprit : comment allait-il pouvoir mettre la main sur ce journal avant ses collègues ?

74

Le bar où elles s'étaient retrouvées se transformait le soir en lieu de rendez-vous pour les jeunes et les professionnels désireux de décompresser avec des cocktails et de la musique lounge.

Cinzia et Livia s'installèrent en terrasse, à côté d'un gros parasol chauffant.

— Spritz ? proposa Cinzia.

— Spritz.

Elles commandèrent et échangèrent un sourire gêné.

— Vous aviez l'air assez tendue au téléphone, dit Livia pour briser la glace.

— Je l'étais… Je le suis, pour tout vous dire.

— Pourquoi ?

— Bon, c'était une période un peu difficile, mais… Déjà, je suis partie de façon un peu brusque, la dernière fois. C'était malpoli de ma part, je suis désolée.

— Non, inutile de vous excuser. Mon comportement non plus n'a pas été professionnel. Disons que les circonstances en elles-mêmes ne sont pas des plus plaisantes.

— J'ai vu Vito hier et je lui ai expliqué que c'était fini pour de bon.

Livia hocha la tête.

— Ça n'a pas dû être facile.

— Non, pas du tout.

— Comment l'a-t-il pris ?

— Je ne sais pas. Vous l'avez vu ?

Livia croisa les jambes, trahissant sa gêne.

— Oui, je l'ai vu, et je l'ai eu au téléphone tout à l'heure, au sujet de l'attentat. Vous êtes au courant ?

— Oui, c'est incroyable. Qu'est-ce que Vito a à voir là-d... ?

— Rien. Mais je savais que sa collègue lui avait demandé son avis à propos d'une enquête qu'elle menait, sur des meurtres commis par des adolescents. Il se trouve que j'en ai parlé avec lui.

— Les affaires sont liées ?

— Je ne sais pas. C'est aussi ce que je me suis dit, mais je pense que même lui n'en sait rien.

Cinzia hocha la tête, buvant une gorgée de spritz pour temporiser.

— Si quelqu'un est capable d'y comprendre quelque chose, croyez-moi, c'est Vito.

Livia hocha la tête.

— Alors, dites-moi pourquoi je suis ici ?

— Parce que je n'ai pas été tout à fait sincère avec vous.

— Je m'en doutais. Donc vous êtes prête à me dire comment est mort le partenaire du commissaire ?

Cinzia la dévisagea d'un air perplexe.

— Ce n'est pas pour ça que vous m'avez appelée ?

Cinzia secoua la tête.

— Non ? Mais alors…

— Je n'ai pas la moindre idée de ce qui s'est passé cette nuit-là, je vous assure.

Livia avait la conviction que Cinzia ne mentait pas.

— Alors pourquoi m'avez-vous appelée ?

Cinzia alluma une cigarette avec un sourire triste.

75

Il avait réussi à obtenir l'adresse par un collègue avec qui il était encore en bons termes. Mais une fois sur les lieux, il comprit que ça ne lui servirait à rien.

L'enquête sur la tuerie du centre commercial avait été confiée aux carabiniers. Et ils avaient été très rapides.

Le domicile d'Igor Valenti grouillait de carabiniers et il était pris d'assaut par des journalistes qui attendaient dehors pour interroger les parents. Même s'il avait encore été en service, il n'aurait jamais pu s'approcher. Encore moins entrer.

Ton objectif est de créer du tapage, de déchaîner la violence auprès des jeunes. De créer une contagion, comme un virus, pensa-t-il. Et le plus incroyable, c'est que tu y parviens, en restant dans l'ombre.

Son téléphone vibra. Teresa.

— T'as encore les nerfs contre moi ? demanda-t-elle.

— J'ai les nerfs en général.

— C'est pareil pour tout le monde. Où es-tu ?

— Tu veux vraiment le savoir ?

— Sans doute pas. J'imagine que tu as entendu parler de la tuerie du centre commercial.

— Oui.
— Tu crois qu'il y a un lien ?
— Je crois que oui, malheureusement.
— Merde. Moi je suis coincée ici, avec cette histoire de serial killer. Au fait, on m'a dit que la porte de mon bureau avait eu un petit problème.
— Oui, la serrure est défectueuse.
— Merci de me l'avoir fait remarquer. On se voit plus tard ?

Strega repensa à l'embuscade de Raffaele et ce fut comme s'il sentait encore la brutalité de ses coups. Mais surtout, il revit son regard plein de souffrance et de désespoir.

— Non, il ne vaut mieux pas.
— Une raison particulière ?
— Dis, on ne s'est pas vus hier soir, pas vrai ?
— Hier soir ? Non. Pourquoi ? C'est quoi cette question à la con ? Tu ne te souviens pas si on s'est vus ?
— Bah, j'ai dû le rêver, alors. On s'appelle demain, dit-il avant de raccrocher.

Il se dirigeait vers la Mini quand il reçut un message de Teresa.

> Tu es vraiment bizarre… Attention à ne pas te fourrer dans le pétrin.

Il sourit et démarra.

— Trop tard, ma chère, trop tard, murmura-t-il.

76

— Il y a une raison pour laquelle il est devenu ce qu'il est. Je lui avais juré de ne jamais en parler à personne, mais j'estime que vous devez savoir, avant de le juger.

— Je ne juge personne, madame, soyons claires là-dessus. J'évalue simplement ses…

— Oui, j'ai bien compris.

— OK, dites-moi.

— Vous pouvez me promettre que rien de ce que je vais vous dire n'apparaîtra dans votre rapport ?

— Je vous le promets.

Cinzia hocha la tête et termina son Spritz d'un trait.

— C'est une vieille histoire, qui date de son enfance, mais qui a eu un énorme impact sur lui. En fait, Vito avait une petite sœur, Chiara. Elle avait un an de moins que lui. Un soir, quand Vito avait huit ans, sa mère et Chiara ont disparu. Littéralement.

— Il est indiqué sur sa fiche que sa mère est morte quand il était très jeune, mais…

— Je sais, je vais y venir. D'après ce que soutient Vito, quelqu'un a enlevé sa sœur et sa mère ce soir-là. Un homme masqué, avec une capuche. Il est entré dans leur chambre et a menacé Vito de tuer sa sœur s'il criait ou faisait le moindre geste. Le fait est que la petite et sa mère ont réellement disparu. Vito est aussitôt allé réveiller son père, mais c'était trop tard, il n'y avait plus aucune trace de l'une ni de l'autre.

— Ça m'a l'air d'une affaire très bizarre.

— En effet. Vito m'a dit que personne ne l'avait cru. Les enquêteurs ont démonté sa version. Il manquait pas mal de vêtements de sa mère et de sa sœur, et il n'y avait aucun signe de lutte ou de violence, rien. Plus qu'à un enlèvement, ils ont pensé à une fugue. La mère avait emmené la fille et les avait abandonnés.

Livia croisa les mains.

— Continuez, je vous en prie.

— Il n'y a pas grand-chose à dire de plus. Vito continuait à soutenir la thèse de l'homme masqué qui avait enlevé sa mère et sa sœur, mais personne n'était convaincu : c'était trop tiré par les cheveux. Peut-être son père, plus par désespoir qu'autre chose, parce qu'il n'acceptait pas d'avoir été abandonné.

— Mais la disparition a été signalée, j'imagine. On les a cherchées, non ?

— Oui, mais on ne les a jamais retrouvées. Aucune trace, aucune piste. Évaporées.

— Ce qui confirmerait la version de Vito.

— Oui, mais son histoire était trop abracadabrante et avait trop de trous pour être crédible. Adulte, Vito m'a raconté que les psys lui disaient que l'histoire de l'homme masqué n'était qu'une défense élaborée par son cerveau pour essayer de rationaliser l'abandon de sa mère.

— Eh bien, ça peut arriver, bien sûr, mais pas dans un laps de temps aussi bref.

— D'après eux, Vito aurait surpris sa mère en train de s'enfuir, et elle lui aurait dit quelque chose qui l'aurait plongé dans la confusion, elle lui aurait fait comprendre qu'ils ne pouvaient plus vivre ensemble. À les croire, le stress psychologique avait été tel que le cerveau de Vito avait élaboré cette version comme mécanisme de défense, précisément.

Bien qu'ayant arrêté depuis des années, Livia avait toutes les peines du monde à se retenir de lui demander une cigarette.

— Et on ne les a jamais retrouvées ?

— Jamais. Ils les ont cherchées pendant des années. Au bout du compte, le père, épuisé et détruit par cette situation, a demandé et obtenu qu'elles soient déclarées officiellement mortes toutes les deux, afin de tourner la page. Pour Vito aussi, pour l'aider à se faire une raison.

— Mais ?

— Mais Vito ne s'est *jamais* fait une raison. Il n'arrivait pas à croire que sa mère l'ait abandonné et qu'elle ait emmené sa sœur sans le prendre lui. Apparemment, il avait une relation privilégiée avec sa mère, il n'y avait aucune raison qu'elle ne l'emmène pas, si tant est qu'elle ait vraiment décidé de partir.

— Et elle avait des raisons de quitter son mari ?

— Vito était trop jeune pour se souvenir de ces choses-là, mais une fois adulte, il a découvert par des membres de sa famille que ses parents n'avaient pas une relation harmonieuse. Lui, c'était le militaire classique, dur et sévère, peu enclin aux démonstrations d'affection. Elle, c'était une artiste, une chanteuse de jazz. Deux mondes différents, quoi.

— C'est fou.

— Oui.

— Et lui, comment… Je veux dire…

— Est-ce qu'il y croit encore ? Oui. Malgré les années, il est convaincu que sa mère et sa sœur ont été enlevées. Pour lui, ce n'est ni un rêve ni une construction psychologique. C'est pour ça que, dès la mort de son père, il a quitté la marine et s'est lancé dans des études de psychologie : il voulait comprendre ce qui s'était passé dans sa tête, chercher à séparer les souvenirs des illusions. Son père le refrénait, il lui disait qu'il valait mieux de ne pas y penser, faire comme si rien ne s'était passé. Il l'a élevé comme un soldat. Mais lui, évidemment, il ne pouvait pas s'empêcher d'y penser, et une fois que son père est mort…

— C'est pour ça qu'il est devenu policier.

Cinzia hocha la tête.

— Vito a en lui, je ne sais pas, une sorte de sentiment de culpabilité. Pour lui, sa mère ne s'est pas enfuie. Il est convaincu que le coupable est encore dans la nature, et qu'il est le seul à l'avoir vu et à y croire encore.

Un lourd silence tomba entre elles.

— Et vous, qu'est-ce que vous en pensez ? finit par demander Livia.

— Peu importe ce que j'en pense, l'important, c'est ce que pense Vito. Pour lui, ce travail est toute sa vie, et c'est pour ça qu'il n'y renoncera jamais, à aucun prix.

— Vous savez, tout ce que vous me dites là ne l'aide pas beaucoup. Vous êtes en train de me révéler que votre mari, qui est déjà une personne en guerre contre elle-même, a également un passé douloureux qui l'a marqué, et qui lui a fait développer une obsession et une culpabilité si profondes que…

— Qu'il est un policier exceptionnel, la coupa Cinzia. Et je ne suis pas la seule à le dire, vous pouvez demander à n'importe qui. Il a de l'empathie pour les victimes, il prend son travail à cœur, il y met de la conviction, comme si c'était une affaire personnelle.

— Il revit son drame, madame, rétorqua Livia. Constamment. Chaque dossier qu'il suit et qu'il suivra, ce sera comme revivre cette douleur. Ce n'est pas bon dans l'exercice de son métier, et ce n'est pas bon pour lui en tant que personne. Ce n'est pas bon de manière générale, parce qu'il assume des responsabilités qui ne sont pas les siennes et qui finiront par le tirer vers le fond.

Cinzia secoua la tête, avec un sourire.

— Peut-être que vous n'avez pas compris que c'est depuis qu'il est dans la police qu'il a touché le fond, et à mon avis c'est devenu son état naturel. Je ne voulais pas de ça, et je suis partie. Mais c'était *mon* choix. Je crois que Vito, lui, n'a pas le choix.

— C'est très triste, ce que vous dites, vous en avez conscience ?

— Ce qui est triste, c'est qu'il y a encore en lui un petit garçon qui cherche sa mère et sa sœur, madame. Mais c'est peut-être encore plus triste qu'un homme ne puisse pas faire le métier pour lequel il est plus doué que n'importe qui, pour des raisons indépendantes de sa volonté.

— Vous faites comme la collègue de Vito et son supérieur : vous me mettez face à un chantage moral. Ce ne sont pas des façons de procéder.

— Je ne fais aucun chantage. Je voulais juste que vous connaissiez la vérité, et maintenant vous la connaissez. Tirez-en toutes les conclusions que vous voudrez, ou bien si vous préférez, oubliez toute cette histoire, mais j'estime qu'il fallait que vous sachiez. Désolée si je vous ai fait perdre votre temps.

Elles se serrèrent la main et Cinzia s'en alla après avoir réglé, laissant Livia Salerno seule avec l'angoisse provoquée par ces révélations.

Plus elle découvrait de choses sur Strega, plus il devenait un mystère à ses yeux.

Elle commanda un nouveau Spritz et resta là à se demander quoi faire.

77

UNE pluie violente martelait la ville, comme si elle voulait nettoyer le sang qui l'avait souillée. Vito Strega sortit de sa Mini en se serrant dans son manteau, mais il était tout de même trempé quand il arriva devant la porte du Belle Jolie.

— Temps de chien, hein ? dit le videur sous l'auvent en lui ouvrant la porte.

Ce n'était pas le même que la veille, donc pas de questions. Strega maudit sa déveine.

— Oui, c'est l'hiver le plus froid que j'aie jamais vu, dit Vito en essuyant son visage ruisselant.

Le plus froid dans tous les sens du terme, ajouta-t-il en son for intérieur.

— Je suis sûr qu'ils trouveront un moyen de vous réchauffer, là-dedans dit l'homme d'un ton malicieux.

Strega entra dans le club en plissant les yeux devant le rideau de fumée.

Quelque part dans le noir, un violoniste jouait le *Lacrimosa* de Mozart. Strega chercha du regard la jeune serveuse qui s'était occupée de lui la veille. Il la repéra en train de servir une table et lui fit signe qu'il avait besoin d'elle. Il s'installa dans un des compartiments. Il alluma le candélabre avec des allumettes trouvées sur la table et patienta en feuilletant une vieille édition en français du *Mystère de Marie Roget*. Il adorait Poe.

— La Fée Verte est vraiment votre point faible, dit la jeune fille en français au bout de quelques minutes, l'arrachant à sa lecture.

Elle avait apporté le plateau avec l'absinthe et lui préparait une double dose sans rien lui avoir demandé.

— Eh oui, répondit le commissaire en refermant le livre jauni par le temps.

— Chaque fois que vous venez, vous lisez ce livre. Vous pouvez le prendre, si vous voulez.

— C'est une vieille édition, elle doit valoir une fortune.

— Je ne pense pas que le club fasse faillite à cause d'un livre… Mauvaise soirée encore aujourd'hui ?

— Pas autant qu'hier. À propos, c'est une question un peu gênante, mais pouvez-vous me dire ce qui s'est passé exactement hier soir ?

La jeune fille en tenue gothique sophistiquée sourit, tout en enflammant le sucre.

— Le "baiser de l'assassin", vous vous souvenez ?

— Oh que oui, mais c'est mon dernier souvenir.

— Vous n'y êtes pas allé de main morte. Peut-être que vous avez exagéré, parce qu'à un moment, j'ai dû vous réveiller. Vous ne vous sentiez pas très bien. J'ai demandé un coup de main au videur pour vous sortir, et puis vous avez dit que vous n'aviez pas besoin d'aide. J'étais inquiète, vous n'étiez vraiment pas en état de conduire, mais d'après ce que je vois, je me trompais.

— Personne n'est venu me chercher, alors ?

— Pas que je sache, mais encore une fois, je vous ai simplement accompagné dehors.

— OK. Dites, j'ai payé ?

Elle sourit et haussa un sourcil.

— Pour tout dire, non.

— Je vous prie de me pardonner, dit Strega en sortant son portefeuille. (Il régla sa dette et laissa un généreux pourboire.) Vous êtes sûre que je peux prendre le livre ?

— Absolument.

— Vous avez fait de moi un homme heureux, dit-il en posant la main sur l'antique volume.

— Il en faut peu, je dois dire.

— De l'absinthe et un bon livre, que demander de plus ?

Elle sourit et fit mine de s'éloigner.

Strega avalait sa première gorgée, quand elle s'interrompit et revint sur ses pas.

— J'oubliais. Hier, dans votre sommeil et dans, comment dire…

— Dans l'enchantement de la fée verte ?

— Voilà… Vous répétiez quelque chose en boucle.

— Quoi donc ? demanda Strega.

— "Les jeux vidéo", "les jeux vidéo", rien d'autre, juste ça. Ça vous parle ?

Strega fronça les sourcils.

— Non. J'ai dit autre chose ?

— Non, répondit-elle avec un sourire, avant de disparaître en fermant le rideau du compartiment.

Les jeux vidéo…

Et si c'était le détail qui lui échappait ?

78

— Alors c'est un vice ? dit une voix féminine derrière lui quand il mit la clé dans la serrure de la Mini.

Strega se retourna. La femme qui avait parlé portait un chapeau pour se protéger de la pluie, qui s'était atténuée. Ses cheveux blonds dépassaient du couvre-chef encadrant son visage mince aux traits réguliers où se détachaient de grands yeux sombres et félins.

Strega arqua un sourcil, surpris.

— Marina, c'est ça ?

Elle sourit, et s'approcha.

— Oh, tu te souviens de moi. Je suis honorée.

Il esquissa un sourire, décontenancé.

— Qu'est-ce que tu fais ici ?

— Pour tout te dire, je ne sais pas, j'avais la vague intuition que tu reviendrais.

— Comment… C'est toi qui…

— Eh oui, tu as devant toi ta bonne samaritaine, dit-elle avec une petite révérence.

Strega rit en s'appuyant sur la Mini.

— Incroyable, toi aussi tu étais au Belle Jolie ?

— Non, je marchais vers mon hôtel quand je t'ai vu te débattre avec les clés. Tu n'étais pas tout à fait lucide…

— Non, c'est le moins qu'on puisse dire. Je ne sais pas quoi… Quelle honte, je te dois des remerciements.

— Tu dois surtout remercier le hasard. C'était une belle coïncidence, non ?

— Mince. Je ne sais vraiment pas quoi dire, désolé.

— Tu étais au Belle Jolie ce soir ? demanda-t-elle.

— Oui, je voulais comprendre ce qui s'était passé hier. Ton billet n'était pas signé.

— Disons que j'aime laisser planer un halo de mystère.

— Eh bien, tu as réussi ton coup.

— On doit vraiment continuer à parler sous la pluie ? le taquina-t-elle. Ça a un côté très cinématographique, mais j'ai un peu froid.

— Ah, non… Non, bien sûr. J'imagine que tu as déjà mangé ?

— Eh bien, non. J'ai fini tard au travail, une journée d'enfer, je les aurais tous tués, crois-moi.

— Je connais, dit Strega en regardant l'heure sur une vieille Piaget, un modèle féminin.

La montre avait appartenu à sa mère et c'était une des rares choses qui lui restaient d'elle ; il avait fait changer le bracelet, l'adaptant à son poignet afin de l'avoir toujours sur lui.

— Il est presque une heure, je ne crois pas qu'on trouvera quelque chose d'ouvert.

— Mince, je meurs de faim, dit-elle en se caressant le ventre.

— Je… Ça te dit de manger chez moi ? Je ne suis pas un grand cuisinier, mais je crois que c'est la seule option à cette heure-ci, et puis j'ai une dette envers toi.

— Je ne demande pas mieux.

— Parfait. Tu es garée loin ?

— En fait, je me déplace encore en taxi. Et par chance, le chauffeur d'hier soir était un costaud, parce que je n'aurais pas réussi à te faire rentrer dans la voiture toute seule. Mais toi tu conduis vraiment cette… Je ne sais même pas comment la définir, dit Marina en éclatant de rire.

Elle avait un beau rire. Strega lui sourit en retour, et son angoisse liée aux meurtres se dissipa quelque peu.

— OK, attention de ne pas en dire trop de mal, sinon elle peut très bien nous laisser en plan.

Elle fit signe qu'elle garderait la bouche close en tirant une fermeture Éclair imaginaire.

Une fois à l'intérieur, Vito démarra et, avant de desserrer le frein à main, il la regarda, croisant ses grands yeux effrontés.

— Incroyable, dit-il en secouant la tête.

— Je sais, je fais toujours cet effet, répondit-elle avec un clin d'œil, inclinant la tête.

La Mini démarra et ils ne cessèrent pas de parler jusque chez lui.

79

Elle ne savait pas si elle avait eu raison de lui parler. Et elle ne savait pas si ça avait servi à quelque chose. Elle l'espérait, bien sûr. Parce qu'elle croyait en ce qu'elle lui avait dit. Elle était convaincue que Vito était un policier exceptionnel. Il avait pu être un mauvais mari, un amant exalté mais distant. En revanche, il avait toujours tout donné dans son travail, au détriment de sa vie personnelle. De *leur* vie personnelle.

La psychologue avait dit qu'on nourrissait trop d'attentes et qu'on lui faisait porter des responsabilités trop lourdes pour lui, mais elle ne le connaissait pas. Elle n'avait pas dormi à ses côtés. Elle n'avait pas été témoin de ses profonds silences, de ses accès de colères quand il craignait de ne pas réussir à rendre justice aux victimes, de ses cauchemars, de ses nuits blanches. Elle ignorait que Vito sans son travail était un homme mort. Les attentes et les responsabilités étaient le carburant qui lui permettait d'avancer, qui le poussait à se lever chaque matin. Et il était évident que tout cela était lié à son passé, à la disparition de sa mère et de sa sœur. Nul besoin d'une psychologue pour comprendre que chaque affaire représentait pour lui un défi, comme s'il pouvait revivre sa tragédie familiale et en démêler les fils, donner un sens à la disparition de sa mère, et punir cet homme masqué auquel il croyait encore.

Au départ, elle avait pensé être capable d'encaisser : elle était amoureuse et c'était tout ce qui comptait. Mais au bout d'un certain temps, l'amour n'avait plus suffi. Les fantômes et le mal qui l'accompagnaient avaient pris trop de place.

Cinzia erra dans la ville, ignorant les messages de Stefano qui lui demandait où elle était. Elle avait besoin d'être seule. Elle prenait conscience que leur histoire était terminée pour de bon, et c'était plus douloureux que ce qu'elle imaginait.

Elle s'aperçut qu'elle n'était pas très loin du nouvel appartement de Vito.

Peut-être… pensa-t-elle. Non, ne sois pas bête, rentre chez toi.

Mais ses pieds n'obéirent pas à son cerveau. Elle ralentit quand elle vit la Mini se garer à une centaine de mètres devant elle.

Télépathie, se dit-elle avec un sourire mélancolique.

Quand elle le vit descendre de voiture avec une femme, elle sentit son cœur s'arrêter de battre. Elle ralentit encore et se rendit compte que c'était celle qui lui avait demandé du feu, la veille, en bas de chez Vito.

Alors il a déjà quelqu'un, se dit-elle en les regardant marcher tout sourire vers son immeuble.

Cinzia pressa le pas et s'efforça de ne pas croiser leur regard.

Tu dois être contente pour lui. C'est bien qu'il refasse sa vie, lui aussi, pensa-t-elle. Ce n'est que justice.

Mais ces pensées se heurtaient aux larmes qui striaient son visage.

80

Le dîner n'avait pas commencé sous les meilleurs auspices. Quand ils étaient entrés et qu'il avait allumé la lumière, il l'avait vue d'abord pâlir, avant d'afficher un sourire gêné.

— Tu as un drôle de passe-temps, pour un bûcheron, avait-elle dit en désignant le sol.

Les photos. Elles étaient encore par terre et composaient une mosaïque de violence et de sang. Il les avait complètement oubliées.

Une autre aurait hurlé et aurait pris ses jambes à son cou. Pas elle. Ce qui n'avait fait que la rendre encore plus intéressante à ses yeux.

— Tu sais ce que c'est, couper des arbres c'est assez monotone, avait-il répliqué en rassemblant le tout pour le fourrer dans un tiroir. C'est juste histoire de mettre un peu de piquant dans le quotidien…

Elle avait regardé autour d'elle avec un sourire.

— C'est sympa, chez toi, petit mais chaleureux. Les cadavres, tu les caches où ?

Ils avaient éclaté de rire, et c'est là qu'était intervenu le deuxième incident.

Sofia avait surgi de nulle part et sauté sur Marina en cherchant à lui griffer le visage.

Marina avait eu le réflexe de se protéger avec son avant-bras.

En retombant au sol, Sofia avait feulé comme une panthère, puis elle avait disparu d'un bond par la fenêtre.

Vito s'était excusé, mortifié. Il ne l'avait jamais vue faire une chose pareille ; elle avait son caractère, certes, et elle était très jalouse, mais cette attaque l'avait vraiment surpris.

Cette fois encore Marina avait fait montre d'un grand flegme. Elle s'était contentée de sourire et de lui dire :

— Bon, il y a quand même un certain nombre d'éléments qui devraient me pousser à partir en courant. Un grand costaud qui habite avec un chat noir, qui lit Poe, qui collectionne les photos de meurtres et, surtout, qui roule en Mini – c'est ça le plus inquiétant…

— Ha-ha, c'est pas faux.

— Tu m'as tout l'air d'un serial killer, Vito Strega. Je ne serais pas ton dîner, par hasard ?

— Eh bien si, tu as vu clair dans mon jeu.

Sur ces mots était intervenu un nouvel incident, bien plus agréable cette fois.

En s'approchant pour vérifier qu'elle n'était pas blessée, Vito avait eu l'impression d'être parcouru par un courant électrique. Marina avait posé la main sur sa nuque et s'était dressée sur la pointe des pieds pour l'embrasser.

— Mets un peu de musique, avait-elle dit.

Comme en transe, Vito avait enlevé son manteau et avait mis un disque. Quand il s'était retourné, Nina Simone dans son dos avait commencé à chanter *Don't Let Me Be Misunderstood* et Marina à se déshabiller au son de la musique.

— Tu ne perds pas de temps, hein ? avait-il murmuré.

— On en a déjà perdu suffisamment.

Leur électricité avait envahi toute la pièce.

À présent, ils étaient étendus sur le futon. Elle avait la tête sur sa poitrine, comme pour écouter les battements de son cœur, et lui caressait la gorge d'une main. La bouteille de vin qu'ils avaient ouverte pour étancher leur soif était vide.

Leur étreinte avait été fougueuse et intense, il ne l'avait pas vue venir. Pour la première fois depuis longtemps, Vito avait éprouvé un vrai bien-être, presque libéré de ses ombres.

Mais il savait que ces sensations n'étaient pas destinées à durer.

De fait, il s'était déjà remis à gamberger.

— Comment as-tu su où j'habitais quand tu m'as raccompagné chez moi ? demanda-t-il soudain. Tu m'as bien dit que je m'étais évanoui dans la voiture, non ?

— Question bête : l'adresse sur ta carte d'identité.

Vito acquiesça, mais au bout de quelques secondes il fronça les sourcils.

Elle en profita pour chercher ses cigarettes dans son sac.

— Mais… Sur ma carte d'identité, il y a mon ancienne adresse, pas celle-ci.

Elle se figea. Vito vit son dos se tendre et l'entendit rire.

— Oups, dit Marina en sortant un pistolet de son sac.

81

On ne parlait de rien d'autre à la télé. Il essaya de changer de chaîne, mais la tuerie faisait la une de tous les journaux télévisés et magazines d'investigation.

Le Marionnettiste hocha la tête, satisfait.

Igor avait assuré. Il était mort avec honneur. Il était mort en croyant en ce qu'il faisait, et cela avait donné un sens à sa vie. Quand il l'avait rencontré, le garçon n'était qu'une bulle de haine sans exutoire. Il haïssait et macérait dans sa haine, s'isolait, s'autodétruisait. Il lui avait raconté que le mal-être et la colère qu'il avait en lui étaient tels qu'il éprouvait parfois le besoin de s'enfoncer une lame de rasoir dans l'avant-bras. La douleur était son seul moyen de respirer, d'apaiser l'angoisse qui grondait en lui comme un océan dans la tempête.

Le Marionnettiste lui avait donné un objectif et un sens. Il l'avait investi d'un sentiment d'importance, d'un message qui allait résonner dans tous les foyers, dans tous les salons respectables, dans toutes ces fichues salles de classe. Igor savait qu'il faisait face à la mort, mais ça ne l'avait pas effrayé. De tous ses protégés, c'était celui qui avait le plus de haine en lui, mais aussi le plus de courage.

Le Marionnettiste éteignit la télé et se leva pour observer la ville à travers la grande baie vitrée.

Maintenant, les gens allaient avoir peur. Ils regarderaient leurs enfants d'un œil différent.

Personne ne savait quelle serait la prochaine cible.

Personne ne pouvait savoir qui allait jouer le prochain coup.

Ça pouvait être leur voisin, un copain de leurs enfants, le scout qui faisait les paquets-cadeaux à la caisse, ou leur enfant lui-même.

Parce qu'ils étaient tous semblables, des cocottes-minute prêtes à exploser à tout instant.

— C'est tout ce que vous méritez, déclara l'architecte de toute cette violence.

Il regarda sa montre et se mit en mouvement. Il avait rendez-vous. Il devait vérifier les derniers détails avec la prochaine fille.

Pour elle, il avait des projets encore plus grands…

82

— QU'EST-ce que tu fous ? dit Vito en fixant l'arme braquée sur lui.

— Tu n'aurais pas dû poser cette question. Pourquoi est-ce que tu as tout gâché ?

— Marina, baisse ce pistolet, s'il te plaît.

Elle rit. Elle était nue, à part son arme. La scène était surréaliste.

— Non, je ne le baisserai pas. C'est toi qui m'obliges à le faire.

— Pourquoi ? murmura-t-il.

— Parce que maintenant que tu as couché avec moi, tu dois m'épouser. Je suis un peu à l'ancienne, tu sais.

— Marina, pas de blague. Baisse ce pistolet, c'est un jeu dangereux.

Elle arma le chien, le faisant sursauter.

— Dis-moi que tu m'épouses, allez.

— Marina…

Elle sourit. Elle prit son sac et le lui lança.

— Si tu ne veux pas mourir, ouvre-le et prends le portefeuille.

Vito comprit qu'il n'avait pas d'autre choix. Il ouvrit le sac et fouilla dedans. Quand il trouva le portefeuille et qu'il l'ouvrit, il soupira en voyant la photo.

— Tu plaisantes, n'est-ce pas ? murmura-t-il.

Elle éclata de rire et remit le cran de sûreté du Beretta avant de le poser par terre.

— Tu aurais dû voir ta tête, c'était à mourir de rire. Tu ne t'y attendais pas, hein ?

Vito rouvrit les yeux et fixa la photo en secouant la tête.

— Lieutenant-colonel Marina La Brava, du corps des carabiniers, lut-il sur sa carte.

— Pour vous servir ! dit-elle en faisant le salut militaire, complètement nue.

— Incroyable, reprit Vito en lui lançant le portefeuille. Tu m'as fichu une sacrée trouille.

— Flic comme toi, carabinière, qui plus est, tu ne t'en serais jamais douté, hein !

— Tu es trop belle pour l'être. Dis-moi que c'est une blague.

— Galant jusqu'au bout des ongles, hein ? Et ça, c'est une blague, peut-être ? demanda-t-elle en reprenant son pistolet.

— Enlève-le d'ici, je n'aime pas les armes.

— Alors, tu m'épouses ?

Il lui lança le coussin, et elle rit.

— Comment t'est venue l'idée de me dire que tu étais bûcheron, au restaurant ?

— Bah, c'est une longue histoire. Alors, La Brava, qu'est-ce que tu sais de moi ?

— Disons que j'en sais suffisamment, commissaire, répondit-elle en se rhabillant.

— Lieutenant-colonel. Pas mal du tout. Tu arrives d'où ?

— De Rome.

— Promotion ou punition ? sourit-il en mettant l'eau à chauffer pour les pâtes : ils avaient tout fait, sauf manger.

— Ils avaient besoin de quelqu'un qui s'y connaît en meurtre, et tadam, me voici.

— En meurtres ? Eh ben ! Et tu es si douée que ça, lieutenant-colonel ?

— Je me débrouille, commissaire, dit-elle en enfilant ses chaussures. Et toi ? Tu es doué ?

— Ça m'arrive de résoudre une affaire de temps en temps, oui. Penne ou spaghetti ?

— Hmm, qu'est-ce que tu as en tête ?

— J'ai un super pesto à la sicilienne.

— Penne. On dit que tu as été suspendu : c'est vrai ?

— Je préférais quand tu étais convaincue que j'étais bûcheron, La Brava.

Elle sourit en parcourant du doigt la montagne de livres qui dissimulait les murs.

— Tu n'as pas répondu à ma question.

— Oui, j'ai été suspendu.

— Et comment se fait-il que tu aies les photos d'affaires en cours avec des rapports et des documents officiels de la questure ?

— Je n'aime pas me tourner les pouces. On est vraiment obligés de parler de boulot ?

— Je me disais juste que, vu que tu es si doué et que tu es au chômage technique, tu pourrais peut-être me donner un coup de main.

— Un coup de main ? Pour quoi faire ?

— La tuerie du centre commercial. Je suis officiellement chargée de l'enquête.

83

Il y avait quelque chose qui clochait chez elle. Dans ses yeux. Une lueur qu'il avait déjà vue, mais à laquelle il n'arrivait à associer aucun visage, aucun souvenir.

C'était une drôle de personne. Quelle autre femme aurait mangé de bon cœur en examinant des photos de scènes de crime sanglantes, des rapports d'autopsie et des extraits d'interrogatoires rébarbatifs ?

Après avoir appris qu'elle s'occupait de l'enquête sur la tuerie perpétrée par Igor, Vito l'avait briefée sur les autres meurtres et sur sa théorie, et lui avait rapporté les propos de Jessica : Igor tenait un journal intime dans lequel il écrivait frénétiquement.

— Donc tu penses qu'il y a dans ce journal quelque chose qui pourrait nous révéler l'identité du Marionnettiste ? Ce serait trop parfait.

— Je n'en ai pas la certitude, mais c'est une piste, non ?

— Je ne sais pas.

— Comment ça, tu ne sais pas ? demanda-t-il en croisant les bras.

Il avait perdu l'appétit dès qu'ils avaient abordé le sujet.

— Si j'essaie de faire avaler ça au substitut du procureur, il me fera interner.

— C'est une façon élégante de me dire que je suis timbré ?

— Peut-être, sourit-elle. Essaie de comprendre, je marche sur des œufs. Je suis nouvelle, et tout le monde me regarde avec méfiance, guette le moindre faux pas.

— Soit, mais d'un autre côté, si tu réussis à découvrir qui se cache véritablement derrière ces meurtres et la tuerie du centre commercial, tu feras forte impression. Tu penses pouvoir mettre la main sur ce journal ?

— Bien sûr.

— Qu'est-ce qui ne te va pas dans ma théorie ?

— Les contacts entre le Marionnettiste et les adolescents… Comment ont-ils eu lieu ? En excluant les rapports personnels, qu'est-ce qu'il reste ? Internet ?

— Non, apparemment. Leurs ordinateurs ont été saisis et analysés, mais il n'en est rien ressorti.

— En cinq jours ? Ça me semble pas beaucoup pour une recherche approfondie. L'idéal serait de pouvoir les montrer à notre service informatique.

— Ça serait formidable, mais la compétence de l'enquête relève de la police. On ne peut pas risquer une guerre des factions qui ne profiterait à personne.

— À moins qu'on réussisse à convaincre le substitut de ta théorie.

— On ?

— On forme un beau couple, non ?

— Sans aucun doute.

— Mais, maintenant que j'y pense, pourquoi vous ne leur avez pas fait cracher le morceau à coups de baffes, à ces petits merdeux ?

— Parce qu'au bout de trois secondes, le juge des enfants nous aurait tous coffrés, de l'agent de terrain jusqu'au questeur. On n'est plus dans les années 1970, La Brava.

— J'ai envie de dire : hélas.

Tandis qu'elle finissait de manger, Vito examina quelques photos, sentant se raviver en lui la colère et l'envie de rendre justice aux victimes.

— Tu es amoureux de quelqu'un qui refuse ton amour, n'est-ce pas ? demanda Marina de but en blanc.

— Pardon, quel rapport ? demanda-t-il en levant les yeux des photos. Et surtout, qu'est-ce qui te fait penser ça ?

— J'aime bien observer les gens. Rappelle-toi, c'est toi qui me l'as dit au restaurant. Même tout à l'heure, après qu'on l'a fait, tu as été pris de culpabilité, comme si tu avais trompé quelqu'un. Et regarde comme tu t'es tout de suite enflammé quand je t'ai dit ça. C'est ton ex ?

— Je n'ai pas envie de parler de moi. Je veux trouver cet enfoiré. Tu peux m'aider oui ou non ?

— Tu avais raison, le pesto est délicieux.

— Je dois prendre ça pour un oui ?

Marina pencha la tête de côté avec un sourire énigmatique.

— À propos, qu'est-ce que tu t'es fait, là ? demanda Vito en montrant sa main blessée.

Marina leva sa main pour l'observer.

— Une discussion entre femmes… Mettons que ton hypothèse soit juste, OK ? À ton avis, il y aura d'autres meurtres ?

— Si on ne l'arrête pas avant, oui. Il y aura d'autres photos comme celles-ci.

Elle le regarda en silence, puis elle dit :

— OK, je vais passer quelques coups de fil.

84

Elle n'avait jamais été aussi heureuse qu'en cet instant. Elle ne voulait pas trop s'avancer, mais elle avait la sensation d'être amoureuse. Il était tout simplement parfait : beau, mystérieux, baiseur hors pair, avec un côté sombre qu'elle n'avait fait qu'entrapercevoir mais dans lequel elle se reconnaissait comme chez personne auparavant. En outre, il était policier, et la proximité avec lui, la sensation de marcher sur un fil, l'électrisait. Il pouvait découvrir la vérité à tout moment. Bien sûr, sa position de haut gradée des carabiniers éloignait les doutes. Mais le danger était bien là. Et il lui procurait une décharge d'adrénaline à chaque seconde passée ensemble.

C'était étrange de retourner dans son appartement avec lui. Cette maudite chatte avait manqué la défigurer. Il fallait qu'elle trouve un moyen de l'éliminer : elle ne voulait pas risquer sa peau chaque fois qu'elle irait dormir chez lui, et elle avait l'intention d'y retourner le plus souvent possible. L'ex-femme représentait un problème elle aussi : clairement, il était encore amoureux d'elle. D'après ses recherches, Maître Cinzia Purgatori avait refait sa vie. Elle décida de la tenir à l'œil et, si Cinzia continuait d'interférer entre elle et Strega, elle trouverait un moyen de l'éliminer elle aussi.

Le lieutenant-colonel Marina La Brava entra chez Igor Valenti malgré l'heure tardive. Elle avait déjà donné l'ordre de prévenir le père qu'elle reviendrait effectuer des vérifications complémentaires. La mère de l'adolescent avait été admise à l'hôpital à la suite d'une sévère crise de nerfs en découvrant ce qu'avait fait son fils.

Le père était encore en uniforme de travail. Au moment où Igor s'adonnait à son délire mortifère, M. Valenti était en service dans un centre commercial très similaire à celui où l'adolescent avait commis l'attentat. Marina ne lui servit pas de grand discours : elle savait que dans cette situation, la moindre parole était malvenue et superflue. Elle se contenta de lui serrer le bras pour le consoler en lui promettant de se dépêcher, puis elle se dirigea avec ses hommes dans la chambre de l'adolescent. Elle leur dit ce qu'ils cherchaient et ils se mirent au travail.

Avant de se rendre sur les lieux, elle s'était fait envoyer par e-mail l'inventaire du contenu du sac d'Igor : il n'y avait pas de journal intime. Si Strega disait vrai, il devait forcément se trouver là, entre les magazines de métal et les jeux vidéo.

La recherche fut brève. Le journal se trouvait dans un tiroir du bureau.

— C'est ça que vous cherchiez, lieutenant ? demanda un des carabiniers.

Elle acquiesça.

— Laissez-moi seule et allez voir le père, je veux y jeter un œil avant de retourner à la caserne.

Les deux carabiniers obéirent.

C'était un carnet relié de cuir noir. Il n'y avait pas de date, seulement des pages blanches que l'adolescent avait remplies presque entièrement de mots et de dessins crus qui ne laissaient pas le moindre doute sur son esprit malade, pour laquelle une tueuse comme elle ne pouvait qu'éprouver de la sympathie.

Marina revint à la première page et commença à lire.

Le récit d'Igor commençait ainsi :

Depuis que je l'ai rencontré, ma vie a changé…

Tremblant d'excitation, Marina La Brava comprit que Strega avait vu juste, et que le Marionnettiste avait commis une grave erreur.

85

Les jeux vidéo…

Strega ne cessait de repenser à ce que lui avait raconté la serveuse. Pourquoi avait-il répété ces mots de manière obsessionnelle alors qu'il était en proie aux visions et inspirations de l'absinthe ?

Il n'arrivait pas à trouver de réponse.

Il était clair que les adolescents étaient tous fans de jeux vidéo, mais qui ne l'était pas à leur âge ?

Non, il y avait autre chose. Quelque chose qui lui échappait.

Assis sur le canapé, avec un feu qui crépitait dans la cheminée et le livre de Poe comme compagnie, il attendait que Sofia ait fini sa crise de jalousie, en lisant une phrase de l'écrivain sur les coïncidences. Et il comprit enfin quel était le détail qui lui échappait jusque-là.

Il embrassa la couverture du *Mystère de Marie Roget* et se leva, fébrile.

Les jeux vidéo, bien sûr. La voilà, la réponse à ce sac de nœuds.

Quand il avait inspecté la chambre de Michela, il avait trouvé dans le lecteur CD de son ordinateur un jeu vidéo,

Le Chasseur de la nuit. Le titre l'avait frappé, ainsi que l'image dessus : un homme, de dos, avec une capuche et un couteau ensanglanté dans son poing fermé. Jusque-là, rien de spécial. Mais quand il avait inspecté le PC de Matteo, le jeune obèse, il avait trouvé le même CD. Au départ, il n'y avait vu qu'une simple coïncidence, mais à y repenser, il avait vu l'affiche de ce jeu dans la chambre d'un autre des adolescents. Il n'avait pu constater si le CD était dans le lecteur, parce que les agents de Teresa avaient déjà saisi l'ordinateur.

Tu pourrais te tromper : qu'est-ce que tu y connais en jeux vidéo ? Peut-être que ce n'est qu'un jeu à la mode chez les jeunes en ce moment.

— Oui, mais c'est quand même bizarre, dit-il à voix haute.

Au même moment, Marina se trouvait chez Igor. Il allait l'appeler pour lui demander d'inspecter le PC de l'adolescent quand il reçut justement un message.

Je l'ai trouvé... écrivait-elle.

86

Elle avait sauté de nombreuses pages, mais l'idée générale était claire : Igor avait rencontré quelqu'un qui lui avait ouvert les yeux sur la vie, mais surtout sur la mort. Un homme cultivé, fascinant, qui lui avait complètement lavé le cerveau, qui lui avait donné une force qu'il n'avait jamais ressentie, ainsi qu'une mission et un but. Leur première rencontre remontait à six mois, à une période particulièrement sombre pour l'adolescent. Depuis ce jour, ils s'étaient beaucoup parlé, presque tous les soirs, même s'il ne précisait ni où ni dans quelles circonstances. D'après ce qu'elle avait lu, Marina avait deviné que le garçon vénérait cet homme qui ne le jugeait pas et qui lui avait fait comprendre beaucoup de choses sur lui et sur le monde, qui avait ouvert les vannes de sa colère et de sa haine, agissant comme catalyseur des ombres tapies en lui.

Marina avait lu ce journal en apnée, et quand elle avait compris que Strega avait vu juste, elle avait sauté les pages jusqu'à découvrir le nom du Marionnettiste.

Elle l'avait trouvé à la dernière page du carnet, écrit précisément *ce jour-là*, avant d'aller accomplir son massacre.

Igor remerciait l'homme, l'appelant par son nom et son prénom.

Il lui avait suffi d'un coup de fil pour découvrir qui se cachait derrière ce nom. Et à présent, enfilant son gilet pare-balles dans la voiture qui fendait la nuit avec son gyrophare, le lieutenant-colonel La Brava allait capturer le Marionnettiste, prête à mettre le point final à cette histoire macabre.

87

Tu ne sais pas qui je suis, mais moi je sais tout de toi. Il m'a raconté ce que tu as fait, ou mieux : ce que tu n'as pas fait. Tu es comme tous les autres, tu es celui qui nous gâche, celui qui ne se rend compte de rien, de notre douleur, de notre solitude, toi justement qui devrais être le premier à nous aider. De combien de peines as-tu été le témoin négligent ? Combien de fois as-tu renoncé à agir alors que tu aurais dû le faire ? L'heure est venue de te punir, l'heure est venue pour toi d'affronter tes erreurs et de te repentir d'avoir fermé les yeux devant notre colère quand tu aurais pu changer le cours de notre destin. Il n'y a pas de Dieu pour te protéger, pas d'excuse pour te cacher. Tu peux prier si tu veux, mais ça ne changera rien, parce que je suis là pour toi, et que ça ne signifie qu'une seule chose : tu vas mourir.

88

Marina n'avait répondu à aucun de ses appels. Son portable sonnait occupé en permanence.

Elle doit être au téléphone avec un supérieur ou avec le substitut, se dit Strega. Mais il ne pouvait pas rester là les bras croisés. Il devait vérifier si son intuition était juste. Aussi décida-t-il de forcer le destin, même si c'était très risqué.

Il sonna, et un carabinier en uniforme lui ouvrit.

— Oui ? demanda celui-ci, perplexe à la vue de ce géant à la mine défaite.

Il était jeune, l'air dégourdi.

Strega décida de jouer le tout pour le tout.

— Poussez-vous. Le lieutenant-colonel La Brava a oublié quelque chose à l'intérieur, je dois le récupérer avant qu'il ne soit trop tard, dit-il en l'écartant de la main.

— Eh, halte-là, qui êtes-vous ?

— Qui je suis ? fit Strega en le foudroyant du regard. Je suis le substitut du procureur Domenico Scaccia, caporal, surveillez votre ton.

— Je… Je… Désolé, monsieur le substitut, mais…

Heureusement, le jeune n'avait jamais eu affaire à ce substitut, se félicita Strega en son for intérieur.

— Le lieutenant-colonel La Brava m'attend, elle est au téléphone avec le commandement général. Plus le temps passe, plus le risque que quelqu'un meure augmente, caporal, alors dégagez de là et laissez-moi faire mon travail !

Si le carabinier en avait été capable, il se serait dématérialisé.

— Où est la chambre du gamin ?

— Ici, monsieur le substitut.

Strega entra et vit l'ordinateur. Par chance, ils ne l'avaient pas encore emporté. Il l'alluma et appuya sur la touche d'ouverture du lecteur CD.

Dès que le CD s'éjecta, Strega y trouva une image familière. Un couteau ensanglanté, un homme encapuchonné.

Le Chasseur de la nuit.

C'est trop pour être une simple coïncidence, pensa-t-il.

À cet instant, la radio à la ceinture du carabinier se mit à grésiller.

Strega ne réussit qu'à entendre des bribes :

“Fusillade dans une maison… Une ambulance en urgence… La meurtrière est une adolescente… Coups de feu… Blessée… Le lieutenant-colonel La Brava est sur les lieux…”

89

MARINA comprit tout de suite que quelque chose n'allait pas. La porte de la maison du Marionnettiste était ouverte.

C'était louche.

Elle ordonna d'un geste à ses hommes de sortir leurs armes, donnant l'exemple.

Puis elle entra.

Quelqu'un l'avait précédée. Quelqu'un qui était encore sur place, à en juger par les bruits.

L'homme qu'elle cherchait, le professeur de lycée Luca Mastrangelo, était dans le salon.

Étendu par terre.

Au-dessus de lui, une jeune fille continuait de le poignarder avec un couteau de cuisine, ignorant le sang qui tachait le sol. Marina comprit que le Marionnettiste devait être mort depuis un bon moment.

Derrière la jeune fille à califourchon sur le cadavre, une femme entre deux âges contemplait la scène avec des yeux écarquillés, les mains tremblantes pressées sur sa gorge pour essayer de refermer une plaie béante. En un coup d'œil,

Marina comprit que c'était une question de minutes avant qu'elle meure d'une hémorragie.

— Pose ce couteau! cria-t-elle en faisant irruption dans le salon, tenant le Beretta à deux mains, le visage de l'adolescente dans sa ligne de mire.

Celle-ci se tourna, suspendant son geste. Son visage était une grande flaque de sang qui dégoulinait sur le corps du Marionnettiste.

Elle sourit, puis elle se remit à le poignarder.

— Arrête, j'ai dit! Écarte-toi et lâche le couteau!

L'adolescente ricana, frustrée par l'interruption de cette trouble-fête. Elle se redressa et fit osciller la lame d'avant en arrière, fixant la femme qui lui criait de se coucher au sol.

— Je… vivrai… pour toujours… dit l'adolescente avant de se jeter sur elle.

Marina La Brava réagit d'instinct: elle pressa la détente deux fois, arrêtant sa course à tout jamais.

90

— QU'EST-CE qui s'est passé ? demanda Strega une demi-heure plus tard, horrifié devant la scène de crime.

— Ton Marionnettiste… Manifestement, une de ses disciples nous a précédés, dit Marina en ramenant ses cheveux en queue-de-cheval.

— Qui est-ce ?

— Elle ? On ne l'a pas encore identifiée.

— Mon Dieu.

— Tu avais raison pour le journal intime. Le gamin avait raconté l'origine et l'évolution de sa relation avec le Marionnettiste, alias Luca Mastrangelo, le professeur qui est là, par terre. Son nom figurait dans le journal intime. Tu es aussi doué qu'on le dit, Strega.

Strega la dévisagea, stupéfait.

— C'est toi qui…

Marina acquiesça.

Il la prit dans ses bras dans un geste spontané qu'elle apprécia d'autant plus.

— Je suis désolé, j'aurais dû y penser…

— Ne t'inquiète pas, tout va bien, mais si tu me serres comme ça dans tes bras à chaque fois, je le ferai plus souvent.

— Tu es bête ! Pourquoi… Je ne comprends pas pourquoi.

— Il a dû comprendre qu'on était à ses trousses et il s'est fait tuer pour s'épargner l'humiliation d'être capturé : ça me paraît l'explication la plus logique.

— Et sa femme ?

— Blessée, ils l'opèrent en urgence. Elle a pris un coup de couteau à la gorge dès qu'elle a ouvert la porte à la gamine, qui s'est jetée sur le professeur. Quand on est arrivés, il était déjà mort. Elle a essayé de m'attaquer et… Tu peux imaginer la suite.

Strega acquiesça, la mine perplexe.

— Qu'est-ce qu'il y a ? Tu n'as pas l'air convaincu.

— Je ne sais pas, tout me semble trop simple, trop… Je ne sais pas.

Marina sourit, tapotant son torse puissant de la main.

— Détends-toi. Tu devrais être content, on a fini par l'avoir. Tu n'es peut-être pas de cet avis, mais moi je dis qu'il a eu ce qu'il méritait, non ?

— Je ne sais pas.

— Dis, mon chef est là et il va vouloir que je lui explique tout ce bordel. On se voit plus tard ?

— Bien sûr. Vas-y et… merci.

— Merci à toi. Tu as fait de moi une célébrité. Je te dois un dîner, sourit-elle en s'éloignant.

Strega resta là à contempler la scène de crime.

Chaque détail lui clamait que quelque chose n'allait pas.

Peut-être qu'il s'est rendu compte qu'il avait commis une erreur, pensa-t-il. Peut-être qu'il savait qu'Igor avait écrit son nom dans son journal et qu'il a décidé de se faire tuer par une de ses disciples pour ne pas se faire arrêter… Peut-être que Marina a raison.

Ou peut-être qu'il a fait écrire ce nom à Igor précisément pour nous envoyer sur une fausse piste, et qu'il a réduit au silence le professeur pour toujours, en le faisant tuer par la gamine, afin que nous ne puissions pas mettre en doute son identité, laissant le vrai Marionnettiste libre de frapper encore, dans l'ombre, en toute sécurité. Mais, en admettant que ce soit le cas, pourquoi ce pauvre professeur ? L'a-t-il choisi au hasard ? Aurait-il vraiment planifié tout ça pour rester anonyme ?

Non, impossible, pensa Strega en sortant de la maison. Tu as trop d'imagination, mon vieux.

91

La voiture ralentit devant chez le professeur. Le Marionnettiste observa par la vitre les véhicules des carabiniers et la foule de badauds et de journalistes rassemblés dehors, sous la pluie.

Il sourit. Alessandra non plus ne l'avait pas déçu. Elle aussi avait trouvé un sens dans tout ce néant, elle s'était sacrifiée pour un bien supérieur, pour éveiller leurs consciences. À leurs yeux, elle ne pouvait être qu'une meurtrière, mais la vérité était tout autre : c'était une martyre, une guerrière, et c'est ainsi qu'on se souviendrait d'elle.

Son plan était aussi implacable que les coups de couteau de la jeune fille.

Il avait maintenant la certitude d'être intouchable. Si d'aventure les flics avaient eu un doute ou un pressentiment sur son rôle, le journal d'Igor et le cadavre du professeur avaient dû les dissiper, lui laissant le champ libre pour mener à bien son plan.

En regardant les carabiniers qui cherchaient à éloigner les badauds et leur curiosité morbide, le Marionnettiste pensa à l'homme qu'Alessandra avait tué, le professeur.

Tu l'as bien mérité, pensa-t-il. Tu as mérité jusqu'au dernier coup de couteau.

Quelqu'un s'acharnait sur son klaxon derrière lui.

Le Marionnettiste passa une vitesse et enfonça l'accélérateur.

Il disparut dans la nuit, libre, conscient de n'être plus désormais qu'un fantôme.

92

— À MOINS que tu saches parler aux fantômes, auquel cas merci de me l'avoir caché, je ne vois pas comment tu as réussi à comprendre que ce tas de chair n'est pas l'homme qu'on cherche, dit Teresa en caressant le volant de sa voiture.

— Non, je ne parle pas aux fantômes, du moins pas encore. (Ils rirent.) Je ne sais pas, Teresa. C'est une impression.

— Et surtout, qui est cette Marina que tu m'as cachée ?

— Une amie.

— Une amie ? Tu es sûr ? Pourquoi est-ce que tu ne m'as jamais parlé d'elle ?

— Oh, arrête. Elle est nouvelle en ville et je ne la connais pas depuis longtemps.

— Tu es sûr qu'il n'y a rien d'autre ? demanda-t-elle avec un regard inquisiteur.

— Stop avec ça. Bon, sinon, comment va ton serial killer ?

— Hmm, je crois que Iovine a raison, pour une fois.

— Ce n'est pas un imitateur ?

— Non, je pense que c'est bien lui.

— On ne nous épargne rien dans cette ville maudite.

— C'est quoi, ça ? demanda Teresa en désignant le jeu vidéo que Vito avait en main.

— *Le Chasseur de la nuit*, le jeu dont je t'ai parlé, dit-il en lui montrant la pochette qu'il avait récupérée chez Igor. Il était dans le PC de Michela, dans celui de Matteo, et aussi dans celui d'Igor. C'est bizarre, non ?

Elle prit la pochette et lut le résumé à l'arrière.

— Pas si bizarre que ça, vu que le personnage est un serial killer, et que le jeu consiste à torturer et assassiner des innocents… Ça m'a l'air très raccord avec nos ados tueurs, dit-elle en le lui rendant. Moi j'interdirais tous ces jeux hyperviolents, tu m'étonnes que les gamins deviennent dingues après.

— Je ne sais pas, mais ça me paraît quand même bizarre.

— Bah, à mon avis c'est un jeu à la mode en ce moment, comme *Call of Duty* ou *GTA*.

— Je vois que tu as potassé le sujet.

— J'ai des neveux qui raffolent de ces saletés. Allez, arrête de faire la gueule. Tu devrais être content : tu avais raison sur le Marionnettiste, et on a quand même fini par l'arrêter. Tu l'as eu, il est mort d'accord, mais tu l'as eu. Iovine et Palamara ne pourront que s'en mordre les doigts, et ta petite copine recevra tous les éloges.

— Je te dis qu'il y a quelque chose qui cloche.

— Arrête et va te coucher, tu as des cernes à faire peur.

— Tu peux parler. Je peux juste te demander un dernier service ?

Teresa leva les yeux au ciel et fit semblant de défaillir.

— Quoi encore, Vito, putain ? Il est trois heures et demie du mat !

— Je sais, je sais, mais si tu ne vérifies pas ce truc-là, je n'arriverai pas à dormir.

— Incroyable. Dis-moi.

Il tapota la pochette du jeu.

— Juste pour lever le doute, regarde si dans l'ordinateur des autres gamins il y avait ce…

— Vito, mais tu m'écoutes quand je te parle ?

— S'il te plaît.

— Ensuite tu lâches cette histoire ?

— Promis.

— Alors d'accord. À condition que tu rentres dormir. Je te tiens au courant demain matin.

— Merci.

— Tu ne me fais même pas un bisou ?

Strega lui attrapa le visage et lui planta une bise sur la joue.

— C'est quoi cette merde ? Un vrai, je voulais dire.

— Merci. À demain, dit-il en descendant de la voiture.

Il courut sous la pluie se réfugier dans sa Mini. Il mit le contact et partit en direction de chez lui.

Teresa a raison, tu devrais être content, se dit-il. Cet enfoiré est mort, c'est fini.

C'était ce que la logique et les développements récents suggéraient.

Mais au fond de lui, il savait que ce n'était pas le cas, parce que les victimes chantaient encore dans sa tête.

Et que leur chant n'avait jamais résonné aussi fort.

93

Il était mort de fatigue, mais il avait trop d'adrénaline dans le corps pour dormir. Il prit une bière dans le frigo et s'arrêta devant la baie vitrée, le regard perdu dans la ville. Sofia était encore en vadrouille. Elle devait être vraiment froissée par l'intrusion de Marina.

Marina…

Aujourd'hui, à froid, Strega se rendait compte que ça avait été une erreur de coucher avec elle. Pour diverses raisons. La première d'entre elles était cette drôle de sensation qu'il éprouvait quand il croisait ses yeux. Ils avaient quelque chose de faux, de trompeur, comme si elle utilisait des lentilles de contact pour dissimuler leur couleur. Sauf que leur couleur était vraie. C'était autre chose qu'elle cachait. Quelque chose de plus profond.

Allons, tu étais fatigué, tu t'es laissé aller dans un moment de faiblesse, vous êtes deux adultes consentants, ce n'est pas non plus la fin du monde, mon vieux, se dit-il. Et puis, si elle est bizarre, que dire de toi ?

— Effectivement admit-il à voix haute, souriant et avalant une nouvelle gorgée.

Et pourtant, il n'arrivait pas à chasser ce sentiment de culpabilité. À ses yeux, c'était comme s'il avait trompé Cinzia. Son adieu sur le toit n'avait fait que le rapprocher encore davantage d'elle, lui faisant ressentir toute la détresse de leur séparation.

Tu vas être viré du service. La psy a raison : tu devrais penser à un autre métier. Peut-être que la chose la plus intelligente à faire serait de donner ta démission avant que la commission se prononce. Ce serait un bon signal pour Cinzia, peut-être qu'elle comprendrait à quel point elle compte pour toi. Tu aurais dû faire ça il y a des années, mais peut-être que c'est la bonne occasion, peut-être qu'elle pourrait réfléchir et lâcher ce crétin.

Il termina sa bière et tenta d'appeler Sofia depuis la fenêtre.

Rien.

Il espéra seulement qu'elle n'était pas partie pour toujours, l'abandonnant à son tour.

OK, va te coucher, Vito Strega, se dit-il.

Mais il n'en fit rien. Il retourna à la cuisine et prit une autre bière. Il se jeta sur le canapé et resta là à penser au Marionnettiste et aux adolescents.

Quand il eut fini sa deuxième bière, la tête agréablement légère, il se dit jamais deux sans trois.

La troisième descendit encore plus vite que la deuxième. À cet instant, la solitude prit le pas sur ses défenses affaiblies par l'alcool. Il attrapa son portable et rédigea un message.

Il resta le doigt suspendu au-dessus de la touche envoi.

— Oh, et puis merde, finit-il par dire avant de l'envoyer.

Il attendit qu'elle réponde, mais rien.

Il continua d'attendre, en vain, jusqu'à ce que le sommeil le cueille en traître.

94

Je sais qu'il est tard, mais je t'en prie, réfléchis encore. Je t'aime… Qu'est-ce que j'y peux ? Laisse-nous une chance, s'il te plaît…

CINZIA lut le message avant de regarder l'heure. Quatre heures et demie du matin. Heureusement, la vibration du téléphone n'avait pas réveillé Stefano.

Elle se demanda quoi faire : lui répondre ou pas ? Elle se demanda aussi pourquoi il avait écrit une chose pareille, et pourquoi il refusait de se rendre à l'évidence.

Parce qu'il t'aime, imbécile, pour quelle autre raison ? la tança sa conscience.

Elle fixa le téléphone, indécise.

Au bout de quelques minutes, elle effaça le message. Elle ne pouvait pas lui répondre. Elle avait pris une décision et ne pouvait pas revenir en arrière. Les hommes ne changent pas. Pas ceux comme Vito. Pas pour une question d'obstination ou de volonté. Elle avait simplement compris qu'il en était incapable. Sa nature était liée à l'obscurité, or Cinzia voulait vivre dans la lumière.

Je suis désolée, mon amour, pensa-t-elle en se recouchant, essayant de refouler ses larmes. Je suis désolée…

95

Le président de la commission disciplinaire lut le rapport de Livia Salerno et hocha la tête. Il enleva ses lunettes et croisa les doigts sur le dossier, les yeux rivés sur la psychologue devant lui.

— Vous êtes sûre de ce que vous écrivez ici, madame ? demanda-t-il d'une voix grave.

— Oui, j'en suis sûre.

— Permettez-moi de vous reposer la question, parce que vous pouvez imaginer à quel point la situation est délicate. Vous êtes certaine que c'est le résultat définitif de votre expertise, et vous avez pleinement conscience de ce que cela peut signifier pour le commissaire Strega, sur le plan professionnel et personnel ?

— Monsieur le président, on m'a demandé d'évaluer l'état psychologique du commissaire. Je n'avais pas à enquêter sur le fait qu'il soit coupable ou non du meurtre de son collègue. Je suis psychologue, pas juge. J'ai évalué son état mental, et ce que vous avez entre les mains est le résultat de mes considérations. C'est mon avis de spécialiste, ni plus ni moins que ce qui m'a été demandé.

L'homme acquiesça.

— Entendons-nous bien, je n'avais nullement l'intention de remettre en cause votre professionnalisme. (Il échangea un regard avec les deux autres membres de la commission.) Quelqu'un a-t-il une question, ou une objection ?

Ils lui firent signe que non.

— Bien, dit le président en reportant son regard sur Livia Salerno. Nous vous remercions pour votre disponibilité, votre travail et votre célérité.

— Je peux vous demander une chose ?

— Je vous en prie.

— Qu'est-ce qui va se passer, maintenant ?

— Après quelques formalités bureaucratiques auprès des supérieurs du commissaire Strega, nous chercherons à l'informer dès aujourd'hui du résultat de l'expertise. À mon avis, le plus tôt sera le mieux.

Livia hocha la tête.

— Ce serait un problème si je le lui annonçais moi-même ? Vous savez, pour une question de relation entre patient et thérapeute.

De nouveau, le président interrogea du regard ses collègues, qui haussèrent les épaules.

— Si vous y tenez, nous n'y voyons pas d'inconvénient.

— Merci, dit-elle en se levant.

— Merci à vous, répondirent les membres de la commission.

Livia Salerno quitta le bureau en commençant à chercher les mots par lesquels elle allait justifier sa décision auprès du commissaire.

96

Il se réveilla avec la sensation d'être observé. C'était le cas. Assise sur le rebord de la fenêtre, Sofia le fixait d'un air impénétrable.

— Bonjour, mademoiselle.

Pour toute réponse, elle se mit à siffler.

— Formidable, dit Vito en se protégeant les yeux de la lumière qui entrait par la baie vitrée.

Il avait le dos endolori à cause de la nuit passée sur le canapé. Il n'avait pas la moindre idée de combien de temps il avait dormi. Il chercha son portable à tâtons. L'appareil était éteint. Il avait tiré sur la batterie plusieurs jours d'affilée, trop occupé pour la recharger, et elle était maintenant complètement à plat.

Il reporta ses yeux sur la chatte qui continuait à le dévisager avec une colère grandissante.

Non seulement tu m'as trompée, mais en plus tu comptes me laisser mourir de faim, salaud, semblait-elle dire.

— OK, OK, ce n'est pas ce que tu crois, je t'assure, dit-il en se levant. C'était juste un moment de faiblesse. Je te promets que ça n'arrivera plus, tu le sais, il n'y a que toi dans ma vie.

Il ouvrit le frigo et y préleva un bocal de thon, qu'il lui montra.

— Qu'est-ce que tu en dis ? On fait la paix ? sourit-il.

Sofia poussa un miaulement qui ressemblait à une insulte.

— Voyons, ce n'est pas la peine de te vexer comme ça.

Il regarda dans le frigo, cherchant quelque chose de plus raffiné pour la corrompre.

— Ah voilà, du saumon fumé norvégien. Ça m'a coûté un bras. Pour te faire comprendre à quel point je suis désolé. D'accord ?

Il ouvrit l'emballage et posa le saumon par terre.

— Sens-moi cette bonne odeur… Alors ?

La chatte détourna la tête, incorruptible.

— Allez, Sofia, c'est l'équivalent d'une bague en diamants, ça.

Elle lui feula une nouvelle insulte.

— OK, je peux ajouter… Des sardines à l'huile d'olive, tiens. Ça me paraît une belle affaire, non ?

La boussole morale de Sofia reçut une première secousse. Elle s'approcha de la nourriture, circonspecte. Elle la flaira et y donna un premier coup de langue dédaigneux.

— Je te jure que ça n'arrivera plus, promit Vito en portant la main à son cœur. Je le jure.

Le nez retroussé, comme si elle lui faisait une fleur, Sofia commença à manger.

Vito sourit et prépara le café. Pendant qu'il attendait, il mit son portable à charger et se fit couler un bain chaud.

Quand il entra dans la kitchenette, la nourriture avait été engloutie, mais de Sofia aucune trace. Il comprit que leur réconciliation serait lente et fastidieuse, et qu'elle allait lui coûter une petite fortune.

Tu as sans doute intérêt à te procurer du caviar, se dit-il en nettoyant la gamelle.

Il regarda l'heure sur la Piaget posée sur une étagère et pâlit. La montre indiquait presque cinq heures de l'après-midi.

Ça veut dire que j'ai dormi plus de douze heures, comment est-ce possible ?

Il alluma son portable et vit que la Piaget ne mentait pas.

En l'espace de quelques secondes, il reçut une dizaine de messages de Teresa et de Marina, et vit des douzaines d'appels en absence des deux et de Livia Salerno.

Aucune trace de son ex, en revanche. Au souvenir du message qu'il lui avait envoyé, il se sentit bête.

Qu'est-ce qui a bien pu se passer encore ? se demanda-t-il en parcourant les messages de ses collègues.

97

Après quelques recherches sur internet, Vito découvrit que *Le Chasseur de la nuit* différait beaucoup des autres jeux en vogue, pour plusieurs raisons. D'abord, il avait été conçu en Italie, chose assez rare, surtout pour un tel succès commercial. Ensuite, au-delà de l'hyperviolence et du rythme effréné, la conception du jeu tenait pour beaucoup du thriller : le personnage – et donc le joueur – était un serial killer qui tuait et torturait du début à la fin : plus qu'un massacre gratuit, c'était une vengeance savamment orchestrée contre toutes les personnes qui avaient fait de lui ce qu'il était. Le *chasseur* n'était rien d'autre qu'un monstre engendré par d'autres monstres. Ce que le joueur apprenait à travers une succession de flash-back et d'indices qui lui donnaient à voir l'enfance écorchée de l'assassin.

Les critiques saluaient la capacité du jeu à provoquer un fort sentiment d'identification avec le chasseur ; le joueur éprouvait réellement la colère, les humiliations et la solitude qu'avait connues le personnage, et ne faisait qu'un avec lui.

En regardant des vidéos de présentation, Strega comprit pourquoi il suscitait un tel engouement chez les jeunes : il leur permettait de déverser toute la colère et la haine qui semblent l'apanage de l'adolescence, mais aussi d'évacuer leur part de ténèbres et de violence que la société les obligeait à réprimer.

Il découvrit qu'on pouvait aussi jouer en ligne, en défiant des adversaires qui pouvaient incarner d'autres tueurs en série ou des policiers chargés d'arrêter le chasseur et ses funestes projets.

Ce détail l'interpella. Il affina sa recherche : les joueurs pouvaient se rencontrer sur Internet pour se défier ou former des alliances, en dialoguant au moyen d'un forum privé.

— Bingo… murmura-t-il en croisant les mains derrière sa nuque.

Toutes les pièces du puzzle s'emboîtaient à la perfection. Surtout depuis le dernier message de Teresa, qui l'informait qu'on avait retrouvé dans les ordinateurs de tous les adolescents le CD du *Chasseur de la nuit*.

Pourquoi, se demanda Vito, sinon pour communiquer entre eux, ou avec quelqu'un… avec *lui*. Teresa a fait vérifier leurs e-mails et leurs profils sur les réseaux sociaux, mais elle ne pouvait pas avoir connaissance de ce jeu et de ce forum.

Il se leva et resta à contempler la vue depuis la baie vitrée. Mais pourquoi ce jeu en particulier ? Quel est le dénominateur commun entre le Marionnettiste et ces adolescents ?

— Merde, dit-il ensuite à voix haute, pris d'une intuition.

Il appela aussitôt Marina.

— Bonjour la marmotte… Tu hibernais ?

— Où es-tu ?

— À la caserne. On organise une conférence de presse pour…

— La Brava, arrête tout.

— Pourquoi ?

— Parce qu'on se trompe de personne.

98

— Je ne comprends pas…

— Je t'ai mise sur la piste de la mauvaise personne, désolé…

— Mais qu'est-ce que… ?

— C'est une longue histoire, mais sache que ce n'était pas le Marionnettiste. Le vrai est encore dans la nature, et nous n'avons fait que jouer son jeu : c'est lui qui a poussé Igor à écrire ce nom.

— Merde.

— On est encore dans les temps, mais tu dois faire une chose pour moi.

— Quoi donc ?

— Il faut qu'on comprenne pourquoi il a fait tuer ce professeur. Pour le réduire au silence, ou pour se venger ? Tu m'as dit qu'il n'y avait aucun lien entre le professeur et la gamine qui l'a tué, donc la connexion doit forcément venir du vrai Marionnettiste.

— Vito, je ne te suis plus.

Il la briefa rapidement sur la découverte de Teresa et sur le rôle central qu'occupait d'après lui le jeu vidéo dans toute cette affaire. Il lui parla du forum en ligne et de sa théorie sur l'échange d'informations entre le Marionnettiste et les adolescents.

— OK, il les a pêchés sur le forum. Et alors ? Je suis censée faire quoi ?

— Tu te souviens quand tu m'as parlé de votre service informatique ? Il faut que tu leur demandes de surveiller la messagerie officielle du jeu.

— Ça ne va pas, non ! Si le jeu est si populaire, il va y avoir des dizaines de milliers de conversations à…

— Non, je sais comment restreindre le champ de recherche, dit Strega en prenant la pochette du jeu. Je vais te donner trois noms. Ce sont eux que tu dois faire surveiller. De ton côté, il faut que tu voies s'il y a un rapport entre ces trois personnes et le professeur.

— Strega, tu me demandes l'impossible. Sans le mandat de…

— La Brava, il va frapper de nouveau, je le sens. Il sait maintenant qu'il est hors de nos radars, donc il va attaquer avec encore plus de force. Je suis désolé, j'aurais dû l'anticiper. Une personne est morte par ma faute. S'il te plaît, ne me rajoute pas un nouveau meurtre sur la conscience.

— OK, donne-les-moi, ces fichus noms, et va au diable.

Strega lui demanda de faire au plus vite. À peine eut-il raccroché qu'il appela un autre numéro, celui de Teresa.

— Bonsoir, hein ! Merci de m'avoir remerciée de…

— On allait commettre une grossière erreur. Le Marionnettiste court toujours. Le lien avec les adolescents, ce sont les jeux vidéo.

Silence au bout du fil.

— C'est une blague ? demanda Teresa au bout de quelques secondes.

— Hélas, non.

— Qu'est-ce qui te fait penser ça ?

Strega lui expliqua tout.

— Mon Dieu… Et j'imagine que si tu m'appelles, c'est que tu as besoin de quelque chose. Mais j'ai été affectée à une autre enquête, Vito. Je n'ai plus voix au chapitre, et Iovine m'a à l'œil…

— Je te demande seulement de vérifier trois noms, Teresa. Je le ferais bien moi-même, mais à cause de la suspension on m'a bloqué mon compte et je n'ai plus accès au système.

— Pourquoi tu veux que je fasse ça ?

— Parce que je suis certain qu'un de ces trois noms est le Marionnettiste. Une simple recherche, pour voir s'il y a quelque chose d'inhabituel, des antécédents, n'importe quoi qui détonne.

— Putain, tu vas me faire perdre mon boulot.

— C'est important.

— Je te déteste, Vito.

Strega sourit et lui donna les noms.

99

— Monsieur Strega, j'ai essayé de vous contacter un nombre incalculable de fois, mais votre téléphone est éteint ou occupé, je ne sais pas… Je voulais vous dire que j'ai participé ce matin à l'audience de la commission disciplinaire vous concernant, et que j'ai rendu les résultats de mon expertise. Je sais que notre dernier rendez-vous a été un peu… houleux, mais je tenais à discuter avec vous en personne de ma décision relative à votre réintégration. Rappelez-moi quand vous voulez à ce numéro. Bonne soirée.

— Toute cette prévenance dont tu fais preuve envers lui est un signe de faiblesse, Livia, dit son mari en posant son journal.

— N'importe quoi. Je veux juste lui annoncer la nouvelle moi-même, avant ses supérieurs. C'était quand même un de mes patients.

— Je ne t'ai jamais vue aussi ébranlée par un patient.

Livia s'assit à côté de lui sur le canapé et se laissa aller dans ses bras.

— C'est vrai, mais cette fois il ne s'agissait pas que de… Je veux dire, il y avait d'autres vies en jeu. Je t'assure que ça met les nerfs à rude épreuve.

— Je sais, et je trouve d'ailleurs que, vu les circonstances, tu as parfaitement géré la situation.

— J'espère. Pour moi aussi, c'était très nouveau.

— Les choses que tu m'as racontées sur son passé, l'histoire de sa mère et de sa sœur… C'est ça qui t'a décidée ?

Elle acquiesça, la tête sur sa poitrine.

— À mon avis, tu as pris la bonne décision.

— J'espère.

— En tout cas, c'était la meilleure décision pour lui, pour son équilibre personnel.

— J'espère seulement qu'il comprendra, soupira Livia.

100

Il avait écouté le message de Livia Salerno, mais il ne l'avait pas rappelée. Il avait autre chose en tête. Du reste, Strega savait pertinemment qu'elle s'était opposée à sa réintégration, et il ne pouvait pas lui donner tort, vu son état.

Tu aurais dû voir plus tôt que quelque chose clochait, qu'il te la faisait à l'envers, s'accusa-t-il. Si tu ne t'en es pas rendu compte, c'est que quelque chose ne tourne pas rond. Tu as laissé tes problèmes personnels interférer dans l'affaire, et ça a coûté la vie à une personne.

La vibration de son téléphone le sauva de ses récriminations.

— Teresa ?

— Désolée, j'ai mis du temps, mais il a d'abord fallu que je me débarrasse de Iovine.

— Tu les as ?

— Oui.

Il ferma les yeux.

— Dis-moi.

— Aucun d'entre eux n'a de casier, ni de plainte à son nom. Mais il est arrivé quelque chose à l'un des trois, ou plutôt à son fils, un adolescent.

Strega comprit aussitôt que c'était lui.

101

QUAND il reçut l'appel de Marina, Strega était en train de monter dans sa voiture.

— La Brava ?

— Je ne sais pas comment tu as fait, mais tu avais raison. Il y a bien un lien entre le professeur et un des trois hommes dont tu m'as parlé. Son fils l'a eu comme prof.

— C'est lui.

— Oui, c'est lui. J'ai épluché ses communications, en violant au passage une bonne dizaine de lois sur le respect de la vie privée, et j'ai découvert qu'à travers le forum officiel du jeu, cet enfoiré est entré en contact avec Igor et les autres gamins…

— Magnifique, La Brava, dit Strega en démarrant au quart de tour vers l'adresse que lui avait donnée Teresa.

— Attends, ce n'est pas tout. Un de mes hommes vient d'intercepter une conversation sur le forum entre lui et une jeune fille. Il lui souhaitait bonne chance pour une autre mission meurtrière.

— Merde.

— Elle n'a pas mentionné de lieu, mais on va tâcher de remonter à son numéro de téléphone à travers l'abonnement

Internet des parents. Si on réussit à la localiser, on pourra l'arrêter.

— Je suis sûr que tu vas y arriver.

— Il le faut. Toi, où es-tu ?

— Je vais chez lui.

— Ça m'a tout l'air d'être une énorme connerie.

— Ne t'en fais pas pour moi. De ton côté, essaie d'arrêter la gamine.

— Et toi, fais attention à ne pas te faire tuer. Je te dois encore un dîner.

Strega sourit en raccrochant, puis il mit le pied au plancher.

102

Vous êtes tous aveugles, c'est juste que vous ne le savez pas. Vous croyez voir, mais vous ne voyez rien du tout. Ou plutôt : vous voyez seulement ce que vous avez envie de voir, comme il dit. Lui aussi était comme vous, mais il a fini par comprendre. C'est lui qui m'a ouvert les yeux, il m'a consolée et m'a montré la voie, ma voie. Mais inutile de perdre mon temps à vous l'expliquer, vous êtes aveugles et vous ne voulez pas comprendre. Vous ne savez rien de ce qu'est l'obscurité, vous avez la vie facile, mais je veux vous poser une question : êtes-vous sûrs que c'est une vie ? Êtes-vous sûrs que vous aimez vraiment ce que vous aimez, de tout votre cœur ? Vous êtes des brebis égarées. Je vais vous aider à comprendre qui vous êtes et ce que vous voulez, et il n'y a qu'un seul moyen pour ça : vous emmener dans l'obscurité où je suis, l'obscurité d'où je viens. Mais pour entrer dans l'obscurité, vous devez fermer les yeux, très fort. Ne vous inquiétez pas, ça aussi je m'en occupe.

103

Teresa lui avait fait promettre de l'attendre. Strega sortit de la Mini et regarda l'heure. Non, il n'y avait pas de temps à perdre. Chaque minute qui passait pouvait devenir mortelle entre *ses* mains.

Il se dirigea vers le domicile du Marionnettiste et sortit son portable pour appeler Teresa.

— Où es-tu ? répondit-elle.

— Devant chez lui… J'entre, là.

— Non, putain ! Non ! Je t'avais dit de…

— Tu es où, toi ?

— Dans les bouchons, mais je suis là dans dix minutes, je mets la sirène. Donc ne fais pas de connerie et attends-moi, compris ?

— Mais…

— Vito, tu ne sais pas à qui tu t'attaques, et n'oublie pas que tu n'es investi d'aucune autorité officielle. Tu as été suspendu, tu es un civil. Attends-moi, on y va ensemble.

— OK, mais bouge-toi.

Strega raccrocha et sonna à l'interphone. Il savait que le Marionnettiste était chez lui : Marina lui avait confirmé qu'il s'était connecté sur sa ligne fixe.

Au bout de quelques secondes, une voix masculine répondit :

— Oui ?

— Je suis le commissaire Strega, de la police d'État. J'ai quelques questions à vous poser.

Silence.

Puis la porte s'ouvrit.

— Je vous en prie, commissaire, fit la voix. Entrez.

104

L'ÉGLISE était pleine à craquer à l'approche de Noël. Le prêtre commença à donner la communion. Tandis que les fidèles attendaient patiemment leur tour, le chœur entonna un chant.

Quand arriva le tour de la jeune fille blonde, le prêtre lui sourit et se demanda pourquoi elle portait un manteau aussi ample ; il avait l'air d'appartenir à sa mère.

Peut-être qu'elle n'a pas de quoi s'en acheter un nouveau, la pauvre, pensa-t-il.

Il lui présenta l'hostie consacrée et elle la mit dans sa bouche.

— Amen, dit-elle.

Puis elle sortit des poches de son manteau deux pistolets à eau aux couleurs criardes et aspergea les yeux du prêtre, qui se mit à hurler et tomba à genoux. C'était de l'acide de batterie.

— Voilà ce que c'est que l'obscurité. Tu comprends, maintenant ? murmura-t-elle.

Le prêtre répondit par un gémissement de douleur.

La fille se tourna et commença à projeter de l'acide au hasard, sans choisir ses victimes, s'ouvrant un chemin vers la sortie dans les hurlements de la foule.

— Voilà l'obscurité, répétait-elle comme un mantra. Voilà l'obscurité.

Le chœur des fidèles cessa de chanter, supplanté par un autre, bien plus bruyant : celui des victimes.

105

Je savais que tu finirais par arriver, commissaire Strega. J'ignorais ton nom, mais pas ta présence. Je la sentais presque. Parce que dès qu'on brise un équilibre, il y a toujours quelqu'un qui s'efforce de le rétablir. Tu représentes ce quelqu'un. Et j'ai de la peine pour toi, Strega, parce que tu crois encore que cet équilibre peut être rétabli. Comme ce serait simple.

Qui sait ce que tu penses de moi. Peut-être que tu me détestes, ou peut-être que tu m'admires en secret. Une chose est sûre, si tu es là, c'est que tu as compris, et ça signifie que tu es doué, parce que je n'ai pas laissé de traces. Je n'ai pas de sang sur les mains, moi. Je ne suis pas un assassin, contrairement à ce que tu crois sans doute.

Mais inutile de se laisser aller à ces pensées alors que tu es à la porte.

Voilà, je l'entends s'ouvrir.

Tes pas résonnent dans le salon.

Je me sers à boire, toi je ne sais pas, mais moi j'en ai bien besoin.

Je m'assieds et je pose les mains sur les accoudoirs du fauteuil, bien en vue.

Je ne voudrais pas que tu te mettes des drôles d'idées en tête.
Je ne suis pas un assassin.
Je suis juste un père.
Et j'ai fait ce que personne n'a plus le courage de faire.
Te voici.
N'aie pas peur, approche.
Je ne te ferai aucun mal.

106

Marina était arrivée en retard. Elle dut jouer des coudes pour entrer dans l'église et repousser la marée humaine qui se déversait dehors pour échapper à ce cauchemar.

Une fois à l'intérieur, elle eut un frisson. L'église était une vision apocalyptique. Des dizaines de personnes se roulaient au sol, les mains sur les yeux, hurlant de douleur, tandis que d'autres essayaient de les aider et que d'autres encore les piétinaient en cherchant à prendre la fuite.

Une jeune fille blonde à une vingtaine de pas de Marina arrosait les fidèles à deux mètres à la ronde avec deux gros pistolets à eau. Tous ceux qui tentaient de s'approcher étaient aspergés. Aux brûlures sur les visages, Marina reconnut l'acide sulfurique.

Elle sortit son pistolet et regarda autour d'elle. La situation était trop chaotique. Si elle essayait de l'abattre, elle risquait de blesser quelqu'un.

Mais tu dois faire quelque chose, et vite, pensa-t-elle.

Elle leva son pistolet vers la croisée d'ogives de la nef et tira trois coups qui résonnèrent comme la voix de Dieu.

— Carabiniers ! Tout le monde à terre, maintenant ! hurla-t-elle.

Elle avança en tirant deux nouveaux coups en l'air.

Quelques secondes plus tard, il ne restait plus qu'elle et la jeune fille debout dans l'église.

— C'est fini pour toi. Jette les pistolets au sol et mets-toi à genoux, ordonna Marina.

La jeune fille éclata de rire, les pistolets braqués vers elle.

Marina sourit à son tour.

— Je t'assure que tu n'as pas choisi la bonne camarade de jeu, ma chérie. J'ai tué ta petite copine hier, et si tu fais le moindre geste, j'aurais grand plaisir à faire pareil avec toi.

Je t'en prie, fais-le. Ne m'écoute pas… Viens te faire tuer, pria Marina.

L'adolescente haussa les épaules, puis se mit à courir vers elle, en actionnant ses pistolets.

— C'est bien, viens voir maman, se dit Marina en ajustant sa ligne de mire.

107

— Je me suis permis de vous servir à boire. Du bourbon, je ne sais pas si vous aimez.

Strega acquiesça, prit le verre sur la table basse et s'assit en face du Marionnettiste. C'était un homme d'environ quarante-cinq ans, aux airs d'éternel adolescent. Avec sa tenue décontractée, ses cheveux bouclés trop longs et ses lunettes à monture moderne, il n'avait pas l'allure d'un millionnaire. Sa maison, elle, trahissait sa richesse : la belle hauteur sous plafond, les immenses baies vitrées et l'équipement hi-tech minimaliste semblaient tout droit sortis d'un film américain.

— Vous pouvez y aller, il n'est pas empoisonné, sourit l'homme. (Strega fit tourner les glaçons dans son verre avant de le regarder droit dans les yeux.) Vous m'avez dit à l'interphone que vous aviez des questions pour moi.

— En fait, je n'en ai qu'une, dit Strega.

— Je vous écoute.

Des poches de son manteau, Strega tira un tas de photos et les disposa sur la table basse qui les séparait.

Le Marionnettiste observa les corps avec un apparent détachement.

— Pourquoi ? demanda Strega.

Silence.

— Vous êtes là pour m'arrêter ?

— Non, je laisse ça à mes collègues. Moi, je ne suis là que pour vous demander pourquoi.

— Pourquoi devrais-je vous le dire ?

— Parce que vous devez assumer la responsabilité de vos actes. Vous êtes un lâche, qui a utilisé des adolescents pour accomplir un sale boulot que vous n'aviez sans doute pas le cran de faire vous-même. Soyez un homme, et reconnaissez-le.

— Qu'est-ce que vous pensez obtenir, dites-moi ? demanda le Marionnettiste.

Les doigts de Strega se crispèrent autour du verre. Le ton de sa voix, plus encore que ses paroles, l'exaspérait.

Du calme… reste calme, s'ordonna-t-il.

— Qu'est-ce que j'espère obtenir ? Rien du tout. Je le répète, si vous êtes un homme, assumez la responsabilité de vos actes, ça changera la situation judiciaire des innocents que vous avez transformés en assassins, et ça apportera un semblant de réconfort à leur famille.

— Hors de question. Vous voulez m'arrêter ? Tenez, dit-il en tendant ses poignets. Allez-y. Qu'est-ce que vous attendez ?

— Vous pensez que votre fils serait fier de vous ? Moi pas.

Le Marionnettiste blêmit. Il serra les poings et Vito comprit qu'il l'avait touché au cœur.

— Vous avez des enfants, commissaire ?

— Non.

— Bien sûr. Avec le métier que vous faites, qui aurait le courage de fonder une famille, n'est-ce pas ?

Strega se contenta de boire une nouvelle gorgée de bourbon.

— Bon. Dites-moi ce que vous avez compris.

— Votre fils, Edoardo, avait le même âge qu'Igor, Matteo et les autres adolescents quand il s'est suicidé. Il était obèse, faible, extrêmement timide, et il voyait une psychologue parce que vous ou votre femme, ou les deux, pensiez qu'il n'était pas normal, qu'il avait un problème. Vous êtes un homme à succès, vous avez conçu et développé *Le Chasseur de la nuit*, un des jeux vidéo les plus vendus et les plus acclamés de ces dernières années. Je ne comprends pas grand-chose à ces choses-là, mais un rapide calcul entre la date de sortie du jeu et celle de la mort de votre fils me fait dire que les deux dernières années où votre fils était encore en vie, vous l'avez vu au maximum une vingtaine de fois. J'imagine que développer un jeu vidéo requiert beaucoup de travail et de préparation. Et même si vous pouvez travailler chez vous, j'ai comme l'impression que vous restiez enfermé toute la journée devant votre PC, laissant Edoardo seul dans son coin. Vous deviez sûrement vous justifier en disant qu'il avait tout : de l'argent, des vêtements de marque, le cinéma, tout ce qu'il voulait, sauf vous. Sans doute qu'il ne voulait rien d'autre qu'être avec vous. Une famille normale, un père et une mère qui l'écoutent. Quand il s'est suicidé, votre monde s'est effondré, votre femme a tenté de mettre fin à ses jours : elle ne s'en est jamais remise. Elle se trouve aujourd'hui dans un centre de soin haut de gamme, mais vous et moi savons parfaitement que ce n'est qu'un asile qui ne dit pas son nom. On dit que la perte d'un enfant est la pire douleur qui soit. Une chose tellement contre-nature qu'on n'en fait jamais vraiment son deuil, on continue de la ressasser jusqu'à la fin de ses jours…

Tandis que Vito parlait, les yeux du Marionnettiste s'embuèrent. Il ne fit rien pour retenir ses pleurs. Ses mains restaient immobiles sur les accoudoirs du fauteuil, tandis que les larmes striaient son visage.

— Je ne sais pas quel a été le déclic, mais à un moment donné vous avez dû rejeter la faute sur le jeu que vous aviez créé, et sur les personnes qui auraient dû s'apercevoir des problèmes d'Edoardo, comme sa psychologue ou son professeur d'italien. Alors vous avez décidé d'utiliser le jeu pour trouver des adolescents du même âge qu'Edoardo.

— Edo, c'est comme ça qu'on l'appelait.

Strega savait qu'il devait le caresser dans le sens du poil s'il voulait des réponses.

— Des jeunes du même âge qu'Edo, dont la condition était similaire : seuls, faibles, moqués, humiliés, et ignorés par leurs parents. Caractéristiques qui les rendaient faciles à manipuler pour un créateur de rêves, de cauchemars et d'espérances comme vous. D'après ce qu'on m'a dit, vos conversations sur le forum du jeu remontaient à plus de six mois. Pendant ces six mois, vous les avez travaillés au corps, vous avez été le père qu'ils avaient l'impression de ne pas avoir, l'ami à qui se confier et avec qui partager leur solitude. Vous leur avez lavé le cerveau, Dieu sait pourquoi, jusqu'à ce qu'ils deviennent vos disciples et que vous deveniez leur Dieu.

— Je les aimais… Tous…

— Ce qui ne vous a pas empêché de les utiliser pour vous venger de certaines personnes comme la psychologue d'Edo, coupable de ne pas avoir été capable de le sauver de sa solitude, et son professeur, qui d'après vous n'avait pas fait suffisamment. Arrêtez-moi si je me trompe.

— Vous vous en sortez comme un chef, commissaire, dit le Marionnettiste. Poursuivez.

— Il y a juste une chose que je ne comprends pas : pourquoi ? Vous êtes un des hommes les plus riches d'Italie, à présent, et l'argent ouvre toutes les portes. Vous auriez pu recruter des tueurs à gage ou des criminels pour vous venger. Pourquoi se tourner vers des gamins et les transformer en assassins sans scrupule ?

— Comment avez-vous fait pour me trouver ?

— Le jeu vidéo. C'était la clé de tout. Il y avait trois auteurs crédités dans le copyright, et il m'a suffi d'une vérification pour comprendre lequel des trois présentait un phénomène marquant dans son parcours. Vous n'avez pas répondu à ma question : pourquoi transformer des innocents en monstres ?

— Ce qui vous échappe, c'est l'aspect pédagogique, la philosophie derrière tout ça.

— Éclairez ma lanterne, je vous en prie, ironisa Strega.

— Votre interprétation est presque parfaite jusqu'ici, vous avez toute mon admiration. Mais sur les meurtres perpétrés jusqu'à maintenant, deux seulement me concernaient personnellement, non ? Alors pourquoi les autres ? Pourquoi faire tuer la rivale de Michela ? Pourquoi faire tuer le père tyrannique de ce garçon dont il n'acceptait pas l'homosexualité ? Pourquoi faire tuer l'objet de son amour, ou une brute de cour de récréation particulièrement sadique ? Pourquoi commettre un massacre dans un centre commercial ?

— Voilà les choses que je ne comprends pas, reconnut Strega.

Le Marionnettiste eut un hochement de tête compréhensif.

— Parce que vous ne voyez pas le projet derrière tout ça. Ces adolescents, je les ai transformés. Je les ai aidés à réagir face à la vie de manière à ce que les ombres qu'ils avaient en eux ne les dévorent pas, comme ça a été le cas avec mon Edo. Je leur ai donné les outils pour réagir, je leur ai appris à les affûter, à combattre les monstres en chair et en os qui peuplaient leur vie. Ils sont devenus des exemples, un modèle pour tous les adolescents. Maintenant le monde ne les ignore plus.

— Vous êtes vraiment naïf si vous pensez qu'il suffit d'une poignée de meurtres pour changer l'attitude du monde envers eux.

— Vous vous trompez. Le mal est contagieux, commissaire, et vous le savez. Il ne s'agit pas de vengeance ici, mais d'exemple. Michela, Igor, Matteo et les autres ont donné l'exemple. Ils ont montré qu'on peut réagir face à l'obscurité. Avec force et courage, et non pas avec lâcheté comme mon fils. Mais je ne lui en veux pas. Il s'est ôté la vie parce que personne ne lui avait appris à réagir. Je… J'ai été un très mauvais père. Si Edo est mort, c'est uniquement ma faute. Je n'ai pas remarqué sa douleur, sa souffrance, je l'ai laissé se noyer dans ses silences et ses faiblesses… Et c'est une condamnation bien plus cruelle que ce que pourra m'infliger n'importe quel tribunal. J'ai tiré le vrai *moi* de ces adolescents, j'ai fait en sorte que le monde les reconnaisse.

— Vous êtes fou. La douleur vous a fait perdre la raison…

Le Marionnettiste sécha ses larmes et son regard sembla se perdre derrière le policier.

Puis il rit, reportant ses yeux fous sur lui.

Strega sentit son sang se glacer.

108

Au dernier moment, elle avait réussi à se retenir. Elle avait pressé la détente deux fois, écartant la mire de la tête pour viser les jambes.

La jeune fille s'était écroulée au sol, une rotule pulvérisée par la balle.

Et ses hurlements s'étaient ajoutés au chœur déchirant des défigurés.

Marina courut vers elle en tenant son arme à deux mains et fit valser d'un coup de pied ses pistolets colorés.

— Estime-toi heureuse que je ne t'aie pas butée, sale garce, murmura-t-elle en la menottant.

Puis elle sortit son portable pour donner des instructions à ses hommes.

Pendant qu'elle téléphonait, elle vit une femme en larmes s'éloigner d'un enfant qui avait reçu de l'acide, qu'elle protégeait avec son corps depuis le début de l'attaque, et avancer vers la fille.

Il suffit d'un coup d'œil à Marina pour comprendre ce qu'elle avait en tête.

La mère arriva à hauteur de la fille qui se débattait au sol, éperdue de douleur. Sans dire un mot, elle ramassa un des pistolets et le retourna entre ses mains.

Quand elle croisa le regard de l'adolescente qui avait défiguré son fils, cette dernière semblait implorer pitié entre deux gémissements.

La femme braqua le pistolet fluorescent sur ses yeux et pressa la détente.

Bien fait pour toi, sale pute, pensa Marina, feignant de ne s'apercevoir qu'à cet instant de ce qui s'était passé.

Le chœur des défigurés donnait la chair de poule.

Marina, elle, n'avait jamais entendu de plus douce mélodie.

109

— Vous dites que je suis fou ? Non, commissaire, je ne suis pas fou. C'est la société qui a perdu la tête. Nos adolescents sont des bombes à retardement qui font tout pour se plier à ses diktats. Ils grandissent avant l'heure. Ils sautent des repas pour maigrir et atteindre des standards de beauté impossibles, ils regardent du porno en ligne dans tous les sens, et en même temps ils ne sont pas fichus d'échanger trois mots avec leurs congénères du sexe opposé, ils sont victimes de harcèlement et ils deviennent des harceleurs par mécanisme de défense, ils se couvrent de cicatrices pour se sentir vivants, ils s'abrutissent de drogue et d'alcool pour ne plus penser à rien, et dans tout ça ils sont seuls. Nous sommes trop occupés à gagner de l'argent pour leur acheter les vêtements de marque dont ils ont besoin pour se conformer aux autres.

— Et donc vous pensez vraiment qu'on peut régler tout ça en les convainquant de se tuer les uns les autres ?

— Ce qu'ont fait Michela, Matteo et les autres est un acte de rébellion, une révolution. Ce sont des héros, des martyrs. Et le monde ne va pas tarder à le comprendre.

— Vous me faites de la peine.

— Vous vous êtes demandé pourquoi un jeu vidéo comme le mien a autant de succès ? Parce qu'il sublime leurs fantasmes de mort et de torture, leurs instincts meurtriers. Le chasseur représente un modèle pour eux. Il est celui qu'ils aimeraient être, si seulement ils le pouvaient. Nous sommes des animaux violents, commissaire, et plus nous refoulons nos instincts en faisant semblant d'être des animaux évolués, plus nous avons envie de nous entredéchirer. Voilà la vérité.

Strega le dévisageait, incrédule.

— J'avais espéré me tromper.

— Faites ce que vous avez à faire.

— Il y en a d'autres ?

Le Marionnettiste sourit.

— C'est ça qui est beau. À présent, tout le monde peut être le nouvel Igor ou le nouveau Matteo, la nouvelle Michela ou la nouvelle Sara. Ma présence, mes conseils n'ont plus d'utilité. L'émulation fera le reste.

Strega s'apprêtait à répliquer quand son portable vibra : Marina.

— La Brava, tu as réussi ?

— Oui, mais dis-moi où tu es en ce moment.

— Je suis avec lui...

— Merde. Les collègues viennent de m'appeler, il y avait deux gamines, et la deuxième est chez lui !

De nouveau, il vit le Marionnettiste fixer un point derrière lui.

Il pivota d'un bond, mais la fille dans son dos avait déjà brandi son couteau.

— Strega ! dit Marina. Strega !

110

Strega avait été prévoyant et n'avait pas fermé la porte. Teresa tira son arme de service et entra dans la luxueuse villa.

Elle entendit un cri de douleur. C'était sa voix.

Elle se mit à courir en l'appelant.

Elle le trouva au milieu du salon, courbé en deux. La jeune fille devait avoir tenté de le poignarder dans le dos et il s'était défendu en levant le bras. La lame lui avait traversé la main droite de part en part. La jeune fille continuait de forcer sur le manche, comme si elle voulait la lui arracher.

Teresa arriva à sa hauteur et la mit hors d'état de nuire d'un coup de crosse rageur.

Le Marionnettiste s'était levé et observait la scène, immobile.

— Putain ! s'écria Strega, le couteau encore planté dans sa main agitée de convulsions.

— Tout va bien ? demanda Teresa en passant les menottes à l'adolescente.

— À ton avis ? ironisa Strega en lui montrant sa main.

Il lança un regard à l'homme, qui semblait sous le choc.

— Une belle révolution de merde, grogna-t-il avant de saisir le manche du couteau et de l'arracher d'un coup avec un hurlement.

Il laissa tomber au sol la lame ensanglantée et perdit l'équilibre un instant, comme s'il allait s'évanouir.

— Putain ! s'étouffa-t-il en essayant de résister, les yeux embués, du sang qui giclait partout.

— Tiens ! dit Teresa en lui passant son foulard avant d'appeler une ambulance.

De la main gauche, il banda la droite, réprimant des geignements de douleur.

— Vito ! cria soudain Teresa.

Il se tourna et vit que le Marionnettiste avait ramassé le couteau, qu'il brandissait en l'air.

Teresa empoigna son Beretta et le braqua sur lui, en lui ordonnant de lâcher son arme.

— Ne faites pas de bêtise, dit Strega en levant la main gauche.

— Comme je vous l'ai dit, ma présence ici n'a plus de sens, commissaire, dit-il d'une voix atone. La révolution commencera par ma fin.

Strega se jeta sur lui, mais c'était trop tard.

Le Marionnettiste s'était déjà tranché la jugulaire d'un coup net.

III

LE taxi le laissa devant l'adresse de la psychologue.

— Attendez-moi ici, s'il vous plaît, dit-il au chauffeur. C'est l'affaire de quelques minutes.

Strega descendit du véhicule et sonna à l'interphone, contemplant son bandage serré. Les médecins lui avaient vivement conseillé de rester alité, mais il les avait envoyés paître et avait mis les voiles dès qu'il avait pu.

Un homme ouvrit la porte et le toisa d'un air terrorisé, effrayé par sa corpulence, son regard sombre et son bandage imbibé de sang.

— Je suis Vito Strega… Est-ce que madame Salerno est là ?

— Je… Oui, bien sûr, entrez, je l'appelle, dit Maurizio, pris de court de se trouver face à l'homme dont il avait tant parlé avec sa femme, et qui dans sa tête avait pris des proportions épiques.

— Non, je préfère l'attendre ici. De toute façon, je sais déjà que ce sera vite expédié.

L'homme hocha la tête et appela sa femme.

Strega s'adossa à un pilier du porche et serra l'arête de son nez avec les doigts de sa main gauche, fermant les yeux et cherchant à calmer l'adrénaline qui courait encore dans son corps.

— Que s'est-il passé ? demanda Livia Salerno, le faisant sursauter.

— Une journée d'enfer. J'ai entendu votre message, mais je n'ai pas pu répondre, je suis désolé. Ensuite, mon portable s'est déchargé, donc j'ai fini par décider de venir directement.

— Je comprends, vous avez bien fait. Qu'est-ce qui est arrivé à votre main ?

Strega la leva et sourit.

— Je pensais que le métier de policier était dangereux, mais la vie de civil est pire. Alors, qu'est-ce que vous vouliez me dire ?

— Vous saignez, vous devriez peut-être…

— Madame, je suis fatigué et à bout de nerfs. Dites-moi ce que vous avez à me dire pour que je puisse aller m'écrouler dans mon lit.

Elle croisa les bras et scruta ses yeux d'un vert intense.

— À compter de demain, vous reprenez du service. J'ai officiellement informé la commission ce matin de mon avis favorable à votre réintégration…

— C'est une blague ?

Elle secoua la tête.

— Non, la commission a validé mon expertise. Vous êtes de nouveau un officier de police dans l'exercice de ses fonctions, commissaire.

— Je… Je ne sais pas quoi…

— J'ai simplement posé une condition à votre retour.

— Laquelle ?

— Je veux que nos séances se poursuivent, à seule fin de vous soutenir dans votre travail. Une fois par semaine, pendant au moins cinq mois. La commission a accepté cette condition. Sans consultations, pas de reprise d'activité.

— Pourquoi ?

— Parce que je suis convaincue que vous avez encore besoin de…

— Non, pourquoi m'avez-vous déclaré apte ?

— Ah, dit-elle en jetant un regard en arrière. Vous pouvez remercier votre femme. C'est elle qui m'a fait changer d'avis.

— Ma femme ?

— Oui, enfin, votre ex-femme, pardon. Je ne sais pas ce qui s'est passé entre vous et l'inspecteur Di Giulio, ce soir-là, et je ne veux pas le savoir. On m'a demandé de donner mon avis sur votre état psychologique, pas de porter un jugement sur les faits inhérents à la mort de votre collègue. Vous êtes un homme complexe, tiraillé et fragile, même si vous le cachez bien. Mais vous êtes une bonne personne et un excellent policier. Vous avez seulement traversé une mauvaise passe.

Elle sourit et lui posa une main sur le bras.

— Allez dormir, maintenant, et appelez-moi dès que vous serez sur pieds.

Strega la regarda rentrer chez elle d'un air perplexe.

Il secoua la tête avec un sourire, et monta dans le taxi.

— Fini ? dit le chauffeur.

— Oui.

— Où est-ce qu'on va ?

— Chez moi, dit Strega avant de lui donner l'adresse.

112

La porte s'ouvrit au bout de quelques minutes.

— Quelle surprise, fit Stefano.

— Crois-moi, ce n'est pas le jour. Dis-lui de sortir une seconde, je l'attends dehors.

— Mon cul oua…

De la main gauche, Strega le saisit à la gorge et le plaqua contre le montant de la porte.

— Tu m'as volé ma femme, et j'aurais dû te tuer il y a quatre mois. Ne va surtout pas croire que l'envie m'est passée, OK ? Maintenant, va lui dire de sortir, cria-t-il en le poussant à l'intérieur.

Cinzia le rejoignit sur le trottoir.

— Je croyais avoir été assez claire…

— Ils m'ont réintégré, dit-il. La psy a dit que c'est uniquement grâce à toi. Quoi que tu aies pu lui dire, merci.

Elle hocha la tête.

— Je suis contente pour toi, tu le mérites.

— Non, ce n'est pas vrai. Demain, je donne ma démission.

— Quoi ?

— J'en ai fini avec ce métier. Tu avais raison depuis le début, il m'a pourri la vie. Il m'a pris ce que j'avais de plus cher : toi, avant toute chose.

— Je… Je ne crois pas que…

— C'est fini, Cinzia. Plus de meurtres, plus de stress, je raccroche une bonne fois pour toutes.

— Pourquoi ?

— Parce que je te veux, parce que je veux que tu me reviennes. Je veux que tu quittes ce bellâtre et qu'on reparte de zéro.

Elle secoua la tête.

— Non, Vito, ce n'est pas possible…

— Pourquoi pas ? Tu as toujours dit que notre histoire s'était terminée à cause de mon travail. Rien à foutre du travail, j'arrête, c'est toi qui comptes, et rien d'autre. Tu es plus importante que tout le reste, tu le sais. J'aurais dû faire ça il y a bien longtemps, mais j'étais trop bête pour m'en rendre compte.

Elle se mit à pleurer.

— Tu ne comprends pas.

— Comprendre quoi ? Que je t'aime ? Que je ne peux pas vivre sans toi ? C'est toi qui dois le comprendre, Cinzia, je ne suis rien sans toi…

— Attends-moi ici.

Il la vit rentrer, puis ressortir quelques instants plus tard. Elle tenait dans la main une enveloppe blanche.

— Désolée, mais il n'y a que comme ça que tu pourras comprendre.

— Qu'est-ce que c'est ?

— Regarde dedans.

Strega l'ouvrit avec difficulté. L'enveloppe contenait ce qui ressemblait à une radiographie noire. Il s'approcha d'un réverbère pour mieux voir.

— Qu'est-ce que c'est ?

Cinzia s'essuya les yeux et le nez avec un mouchoir.

— C'est une échographie, Vito. Je suis enceinte.

— Quoi ? soupira-t-il. De combien ?

— Quatre mois et demi. L'enfant est de lui, Vito. Il est de Stefano. Je suis désolée.

Strega se sentir mourir. L'échographie lui tomba des mains et il dut s'appuyer au réverbère pour ne pas s'écrouler sur le trottoir.

— Non, dis-moi que ce n'est pas vrai.

— Je t'ai trompé, Vito, et j'ai fait un enfant avec un autre homme, parce que c'était fini entre nous.

— Ce n'est pas vrai, il doit y avoir une erreur, non, ce n'est pas possible, dit-il en se massant les tempes.

— C'est la vérité, dit Cinzia dans un sanglot.

— Non ! cria Strega en frappant le réverbère, qui trembla sous la violence du coup. Non, putain… Non ! Pourquoi ? Pourquoi tu m'as fait ça ?

Ils entendirent la porte s'ouvrir et ils virent Stefano passer la tête par l'entrebâillement.

— Retourne à l'intérieur, sale merde ! Ne t'avise pas de sortir ! cria Strega, les yeux brillants et les veines ressortant sur son front comme si elles allaient exploser.

— Je suis désolée, Vito, mais maintenant j'ai un enfant à protéger, j'ai une famille, c'est terminé entre nous.

— Non, ce n'est pas vrai, répétait Strega, comme en transe. Ce n'est pas vrai ! hurla-t-il en donnant un coup de poing qui fit voler un rétroviseur en éclats.

Cinzia tressaillit, terrorisée par sa réaction.

— Vito, le docteur m'a dit que je ne devais pas… Je ne dois pas être exposée au moindre stress ni…

Strega porta les mains à son visage et se laissa tomber sur le bord du trottoir.

Ils restèrent silencieux plusieurs secondes. Les deux mètres qui les séparaient semblaient aussi vastes qu'un océan.

Quand Strega reprit la parole, sa voix était calme et posée. La colère semblait s'être évaporée, remplacée par la tristesse.

— Je n'ai pas tué Jacopo… Ce n'était pas non plus un accident… Je ne sais pas ce qui lui a pris ce soir-là, mais il y avait quelque chose dans ses yeux. Tous les policiers savent qu'il y a une limite à ne pas franchir. Si tu le fais, c'est fini pour toi. Jacopo l'avait franchie. Je ne sais pas pourquoi il a pris mon pistolet. Et je ne sais pas pourquoi il a voulu que je sois là pour ses derniers instants. Quand il l'a braqué sur sa tempe, je… je n'ai rien pu faire, je te promets…

— Tu…

— Il avait une famille, et le ministère ne verse pas de pension aux familles de policiers suicidés. J'ai dit que je l'avais tué, pour ses enfants. Aux yeux de l'État, il est mort en service, et ses enfants vivent de sa pension. Je ne suis pas une mauvaise personne, Cinzia.

— Je n'ai jamais dit que tu l'étais.

Strega sécha ses larmes et se leva. Il ramassa l'échographie par terre, la remit dans l'enveloppe, et la lui tendit.

— Je suis sûr que ce sera un enfant magnifique et que tu lui donneras la meilleure éducation possible.

Elle fondit en larmes et voulut le prendre dans ses bras, mais il la repoussa.

— C'est toi qui as raison, Cinzia, tu as une nouvelle vie, maintenant. Vis-la. Vis-la à fond.

Ce furent ses dernières paroles.

Il enfonça ses mains dans les poches, rentra la tête dans les épaules, et s'en alla.

113

À PEINE rentrée chez elle, elle s'assit sur le canapé et avala le verre d'eau que Stefano lui tendait.

— Tu as tout entendu, pas vrai ? demanda-t-elle en allumant une cigarette.

Il acquiesça.

— Pourquoi est-ce que tu lui as menti ?

Cinzia ouvrit l'enveloppe et en sortit l'échographie.

— Tu ne peux pas comprendre… Seule une mère peut comprendre.

— C'est son enfant, Cinzia. Il a le droit de le savoir.

— Non, il ne faut jamais qu'il le sache.

— Pourquoi ? Tu m'as demandé de mentir, d'élever cet enfant comme si c'était le mien, et j'ai accepté parce que je t'aime, mais pourquoi est-ce que tu lui fais ça ?

Elle tira une longue bouffée en contemplant le fœtus.

— Pour sauver mon enfant. Je ne veux pas qu'il souffre. Vito n'est pas quelqu'un de normal. Il ne changera jamais, je ne veux pas que mon fils grandisse dans l'obscurité.

Stefano s'assit à côté d'elle et lui passa le bras autour des épaules.

— Tu es sûre que c'est la meilleure chose à faire ?

— C'est le mieux pour le bébé. Je t'en prie, promets-moi que tu ne lui diras jamais. Jure-moi que tu protégeras l'enfant de lui, de son monde, lui demanda-t-elle entre ses larmes.

— Quand je t'ai connue, tu le fuyais, Cinzia, tu fuyais la vérité que tu voulais lui cacher, et je t'ai promis que je serais à tes côtés.

— J'ai besoin que tu me le promettes encore, Ste, s'il te plaît.

— Je te le promets.

— Merci.

Ils restèrent enlacés en silence à fixer l'échographie, chacun perdu dans ses péchés.

114

L'HOMME qu'elle trouva devant elle en ouvrant la porte semblait être le fantôme du policier qu'elle avait connu.

— Commissaire ? dit la mère de Michela en se serrant dans sa robe de chambre.

— Je l'ai trouvé, madame, j'ai fini par le trouver, dit Strega.

Il puait l'alcool et avait du mal à tenir debout.

— Qui ? Qui avez-vous trouvé ?

— L'homme qui a gâché la vie de votre fille… Je l'ai trouvé, et il brûle maintenant en enfer.

Elle ferma les yeux et soupira, le prit par le bras.

— Venez, entrez.

Elle l'aida à s'allonger sur le canapé et à enlever son manteau.

— Je vous l'avais promis et je l'ai trouvé.

Elle s'assit à côté de lui et lui caressa la tête comme à un enfant.

— Je savais que vous alliez le retrouver. Je vous l'ai dit, vous êtes quelqu'un de bien.

— Alors pourquoi est-ce qu'elle m'a quitté ?

La femme ne sut pas quoi lui répondre.

Mais quelques secondes plus tard, elle comprit que ça n'avait pas d'importance. Strega s'était endormi.

— Merci, murmura-t-elle.

Elle continua à lui caresser la tête jusqu'à ce qu'elle s'endorme à son tour.

115

En revenant de sa pause-café, l'inspectrice Teresa Brusca trouva le lieutenant-colonel Marina La Brava avachie à son bureau, absorbée dans la lecture de ses dossiers.

— Qu'est-ce que vous fichez ici ? Levez-vous de mon fauteuil.

— Alors c'est vous qui vous occupez de l'affaire de l'assassin des Barbies, l'ignora Marina, impeccable dans son uniforme. Je sais que vous tâtonnez. Il s'est écoulé près de deux semaines et vous n'avez toujours rien à vous mettre sous la dent. Je n'aimerais pas être à votre place.

— Ce sont des documents confidentiels. Dégagez de là, ou bien je serai dans l'obligation de faire un rapport.

Marina ferma les dossiers et se leva.

— Je sais, vous êtes sous tension, c'est déprimant de n'avoir aucune piste, mais ne vous en faites pas, je suis sûre que vous résoudrez cette affaire.

— C'est pour ça que vous êtes là ? Pour me motiver ? lança Teresa d'un ton acide.

Marina ne lui revenait pas du tout, et elle détestait son physique élancé et parfait, aux antipodes du sien, trapu et disgracieux.

— Non, même si un petit tuyau ne vous ferait pas de mal, sourit Marina.

Teresa croisa les bras et lui fit signe de sortir.

— Dans un instant. Je suis là pour voir le commissaire Strega.

Teresa désigna le bureau vide de son collègue.

— Comme vous pouvez le constater, il n'est pas là.

— Je sais qu'il n'est pas là, inspectrice. De même que je sais qu'il ne s'est pas présenté depuis sa réintégration.

— Il est en arrêt maladie, il a été blessé lors du…

— Foutaises, la coupa Marina.

Elle sortit une feuille de papier et la lui tendit.

— Je sais qu'il n'est pas non plus chez lui, et je sais que vous le cherchez en vain. Il a coupé son téléphone et ne veut voir personne. Vous le trouverez là, à cette adresse.

— Qu'est-ce que vous lui voulez ? Pourquoi vous me dites ça ?

— J'ai essayé de lui parler et de le secouer, mais il ne veut rien savoir. J'ai pensé que vous pourriez avoir plus de chance que moi.

Teresa haussa les épaules.

— Vous êtes amoureuse de lui, n'est-ce pas ? demanda Marina, inquisitrice, la tête penchée sur le côté.

— En quel honneur je devrais vous répondre, et surtout, qu'est-ce que ça peut bien vous foutre ?

Marina sourit et secoua la tête avec l'air de celle qui a tout compris.

— Essayez de le remettre en selle, parce que j'ai l'impression que vous n'arriverez nulle part sans lui.

— Ça, c'est vous qui le dites.

— Bonne chance pour votre serial killer, fit Marina en désignant les dossiers sur le bureau. Quelque chose me dit que nous nous reverrons bientôt, inspectrice.

— N'y comptez pas.

— Joyeux Noël, Brusca. Bonjour à Strega.

Teresa lui ferma la porte au nez et examina la feuille qu'elle lui avait donnée. Elle sourit, mit les dossiers sous clé, attrapa son manteau et sortit.

116

Grand-mère Ada regarda une nouvelle fois la pendule et décida qu'elle avait assez attendu.

— Allez, on passe à table, dit-elle en soulevant le couvercle de la marmite.

— Non, grand-mère, il m'a promis qu'il viendrait.

— Ça fait plus de deux heures qu'on attend, Jessica. Il est évident qu'il a été retenu.

— Encore un peu, s'il te plaît.

Ada lui caressa les cheveux.

— Ma chérie, fais-moi confiance, il ne viendra pas.

Jessica s'apprêtait à répliquer quand elles entendirent un bruit à la porte.

Jessica s'illumina.

— Je t'avais dit qu'il viendrait.

Elle accourut à la porte, mais ne trouva que Sofia, qui fusa entre ses jambes en ronronnant.

— Tu as fini par rentrer ! Et lui, petite, où est-il ? demanda Jessica. Vito ? l'appela-t-elle dans le couloir.

Silence.

— Il n'est pas chez lui et il ne répond pas au téléphone, Jessica. Il ne viendra pas. Maintenant, mangeons avant que ça refroidisse.

La jeune fille dut se rendre à l'évidence.

Elles se mirent à table et commencèrent à manger en silence.

117

Elle le trouva au Belle Jolie, terré dans un compartiment, un recueil de poèmes de Poe pour seule compagnie, et une bouteille d'absinthe presque vide à portée de main. Il était mal rasé et semblait porter les mêmes vêtements depuis plusieurs jours. Sans le connaître, on n'aurait jamais cru que cet homme était celui qui avait arrêté le Marionnettiste.

— Belle façon de fêter Noël, dit Teresa en secouant la tête, avant de s'asseoir en face de lui.

— J'ai envie d'être seul, Teresa. Laisse-moi tranquille, dit Vito sans lever les yeux de son livre.

Avec Poe, il avait l'impression de lire en lui-même.

— Tu ne réponds plus au téléphone, tu passes tes soirées ici. Qu'est-ce qui t'est arrivé, Vito ? C'est d'être redevenu flic qui te fait cet effet ?

— Tu devrais être avec Raffaele en train de festoyer. Va le voir et fiche-moi la paix.

— Non. J'ai décidé de rompre, on se sépare.

Il la fixa un instant. Puis il se replongea dans son recueil.

— Merde, je suis désolé.

— C'était inévitable. Et quoi qu'il en soit, je ne suis pas là pour faire la fête, je suis en service.

Strega ne montra aucun signe d'intérêt.

— Un meurtre vient d'être commis. Une famille entière, trucidée. Un des trucs les plus trash que j'aie jamais vus. Les enfants avaient huit et dix ans, ils n'avaient pas encore déballé leurs cadeaux. Je me suis demandé si quelqu'un les ouvrirait un jour, ou s'ils allaient finir à la poubelle comme ça. Bref, tu viens jeter un œil ou tu préfères te noyer dans l'alcool ?

Il ne prit pas la peine de répondre. Il se contenta de toucher son bandage à la main droite.

— OK, comme tu voudras… dit Teresa en se levant.

Alors qu'elle tirait le rideau pour sortir du compartiment, la voix de Strega lui parvint.

— Toute la famille, tu as dit ? demanda-t-il, les yeux encore rivés aux pages du livre.

— Oui.

Il contempla le liquide vert éclairé par la flamme des bougies.

— Vous avez une idée de qui a pu faire le coup ?

— Absolument aucune.

— Merde ! J'ai toujours détesté Noël, dit Strega en fermant son livre.

— Et moi donc. À propos, ça c'est de la part de Palamara. Il m'a dit de te souhaiter un joyeux Noël.

Strega prit sa vieille carte et l'insigne que Teresa lui tendait. Il le tourna entre ses mains quelques secondes avant de le fourrer dans sa poche.

— Très original, comme cadeau.

— Alors, tu fais quoi ? demanda Teresa.

Il souffla sur le candélabre pour éteindre les bougies.
— Le temps de me rafraîchir et j'arrive.
Teresa sourit.
Bon retour parmi nous, Strega, pensa-t-elle.

DERNIÈRES PARUTIONS

David Vann, *La Contrée obscure*
Julia Glass, *En ces temps de tempêtes*
Edward Hoagland, *Journal d'un siècle disparu*
Ted Flanagan, *Tout ce qui est secret*
Corrado Fortuna, *Le Dernier Loup*
Erin Swan, *Parcourir la Terre disparue*
Dennis Lehane, *Le Silence*
Kim Zupan, *Trop loin de Dieu*
Maren Uthaug, *Une fin heureuse*
Tess Gunty, *Écoutez-moi jusqu'à la fin*
Doug Peacock, *Itinéraire d'un éco-guerrier*
Peter Farris, *Le Présage*
Henning Ahrens, *Les Péchés des pères*
Andy Davidson, *La Fille du batelier*
Jennifer Haigh, *Mercy Street*
William Boyle, *Éteindre la Lune*
Cedar Bowers, *Astra*
John Gierach, *Debout dans la rivière*
James Crumley, *La Contrée finale*
Craig Johnson, *Le Cœur de l'hiver*
Paul Tremblay, *Le Chant des survivants*
Barry Lopez, *À ciel ouvert*
Lizzie Pook, *La Fille du pêcheur de perles*
Andrew J. Graff, *Le Radeau des étoiles*
Piergiorgio Pulixi, *L'Illusion du mal*
Joe Wilkins, *La Montagne et les pères*
Tiffany McDaniel, *L'été où tout a fondu*
Larry McMurtry, *Adieu Cheyenne*
Peter Swanson, *Chaque serment que tu brises*
Jake Hinkson, *Rattrape-le !*
Gregory Brown, *Les Jours sombres*
Jenny Lund Madsen, *Trente Jours d'obscurité*
Aldo Leopold, *Almanach d'un comté des sables*

*Cet ouvrage a été imprimé sur du papier
dont les fibres de bois proviennent
de forêts durablement gérées*

IMPRIM'VERT®

CET OUVRAGE A ÉTÉ COMPOSÉ PAR ATLANT'COMMUNICATION (VENDÉE)

ACHEVÉ D'IMPRIMER SUR ROTO-PAGE
PAR L'IMPRIMERIE FLOCH À MAYENNE
EN DÉCEMBRE 2023
POUR LE COMPTE DES ÉDITIONS GALLMEISTER
13, RUE DE NESLE
75006 PARIS

DÉPÔT LÉGAL : SEPTEMBRE 2023
2e ÉDITION
N° D'IMPRESSION : 103987
IMPRIMÉ EN FRANCE